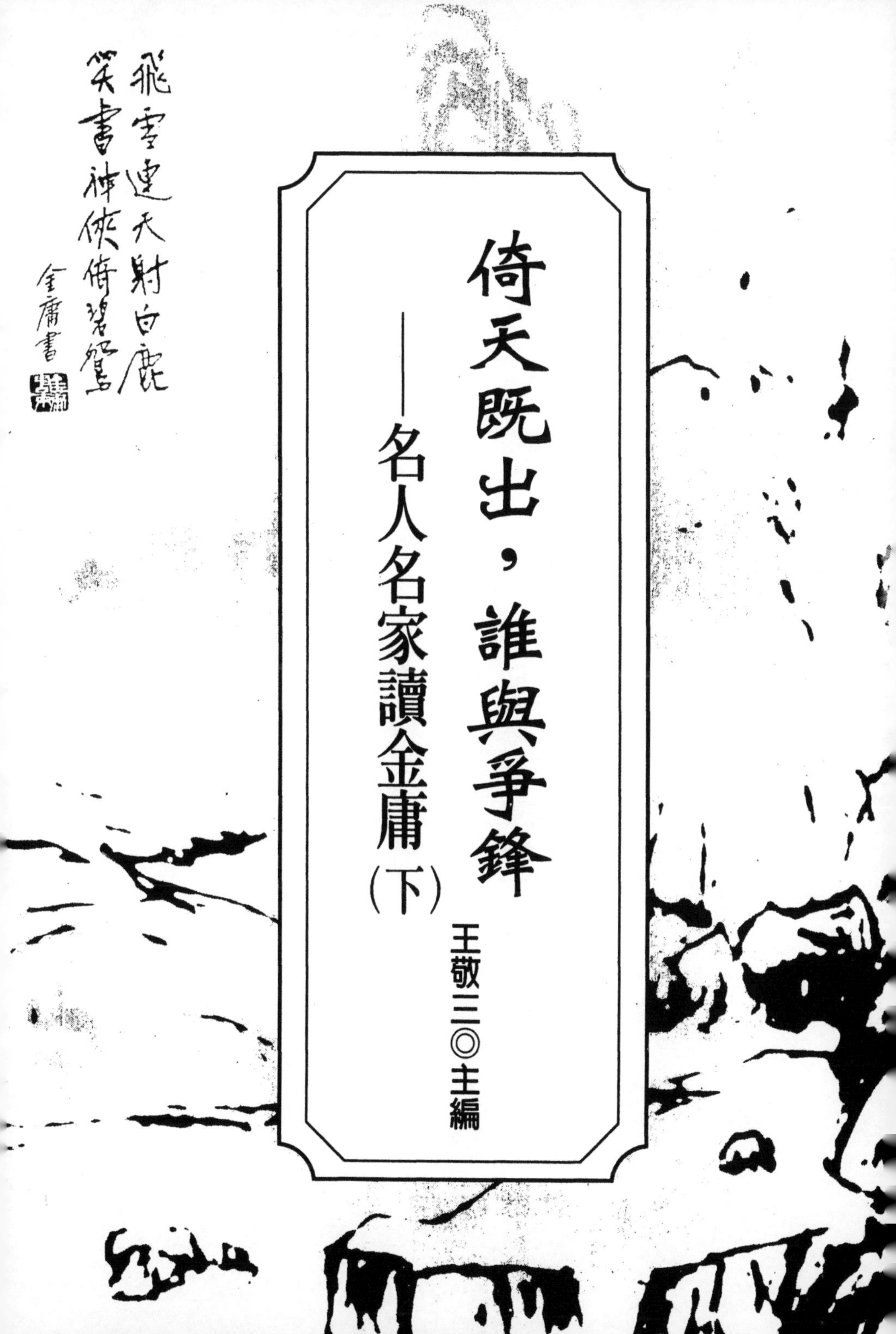

倚天既出，誰與爭鋒

——名人名家讀金庸（下）

王敬三◎主編

（編序）走近金庸・走進金庸

王敬三

在中國文學史上，有兩位作家的作品，眞正做到家喻戶曉，眞正做到寫盡了中國人的人生：一位是曹雪芹的《紅樓夢》；另一位便是金庸的武俠小說——《金庸作品集》。

飛雪連天射白鹿
笑書神俠倚碧鴛

金庸將他十四部書名取首字組成詩句所代表的武俠小說，給近代中國文學史增添了燦爛的光輝。著名學者馮其庸先生說：金庸是當代第一流的大小說家，他的出現是中國小說史上的奇峰突起，他的作品，將永遠是我們民族的一分精神財富！

爲使讀者了解金庸，讓我們一起走近金庸：

金庸，原名查良鏞，一九二四年二月六日生於浙江省海寧縣（今海寧市）袁花鎭查氏赫山房故居。他半生顚沛苦學於動盪多難的中國時局，小學就讀村口巷裡十七學堂，高小轉入袁花龍山學堂，以優異的成績考入浙江省立嘉興中學。次年，日寇侵華，戰亂飄泊，隨校流亡，輾轉千里，在生活極其艱苦的

條件下，矢志求學，高中畢業於衢州中學，至後，又逢太平洋戰爭爆發，處境困窘，爲了生計，奔赴湘西，一邊工作，一邊自學。爲追求知識和學業，行程萬里，歷盡艱辛，考入了重慶中央政治學校外交系。一九四六年起，先後在杭州《東南日報》、上海《大公報》任職，並在上海東吳法學院法律系攻讀。四○年代末移居香港後，在香港《大公報》、《新晚報》和長城電影公司任職。後創辦香港《明報》、新加坡《新明日報》和馬來西亞《新明日報》，現任香港明河集團公司、明河出版公司董事長。

金庸是英國牛津大學漢學研究所研究員，長期從事中國通史（先秦史、秦漢史）的學術研究，先後在英國牛津大學聖安東尼學院和牛津大學漢學研究所研究英國文學、英國歷史、唐史及中國小說。其文學素養功底之深厚、學術研究水平之傑出、作品內涵之博大精深早已享譽海內外。

金庸從一九五五年到一九七二年的十七年裡，推出《天龍八部》、《射鵰英雄傳》等中、長篇小說十五部三十六卷（計一千一百萬字），贏得文壇巨匠的聲譽。不僅如此，金庸在長城電影公司任編劇、導演時，兩年間編寫了《絕代佳人》、《蘭花花》、《午夜琴聲》等十餘部劇本，並執導了《有女懷春》、《王老虎搶親》，其中《絕代佳人》獲中華人民共和國文化部「金章」獎。他在歷史及考據、佛學評述、莎士比亞戲劇研究等方面的造詣更爲世人矚目。他先後發表《袁崇煥評述》、《成吉思汗及其家族》、《宋金之際全眞教事略》、《法句經》全篇及《色蘊論》部分譯文及注解和《莎士比亞悲劇論》、《中國民間藝術》及《探求一個燦爛的世紀》（與池田大作的對話）等著作，並著有 *The Future of Hong Kong* 等英文著作二部，同時還翻譯出版了英文、日文、韓文、泰文等譯本小說多部，其學識之淵博令人折服。

由於他對世界文學藝術的傑出貢獻，從一九八一年起先後獲得英國政府頒發的「英帝國官佐勳位」、法國政府頒發的「法國榮譽軍團騎士勳位」、日本創價學會頒發的「維護世界和平重大貢獻獎」、香港政府頒發的「文學終身成就獎」。一九九七年他與巴金先生、冰心女士共同獲得香港海外文學藝術協會授予的「當代文豪」稱號。金庸在國內外文學界享有崇高的聲望。他被英國牛津大學聖安東尼學院、慕蓮學院、英國劍橋大學羅賓森學院和李約瑟學院聘爲榮譽院士，還被加拿大、新加坡、日本、香港和內地許多大學聘爲名譽教授或名譽博士，一九九九年金庸受聘爲浙江大學人文學院院長。

金庸熱愛祖國，熱愛香港，一九五七年至一九八三年，任港府廉政公署諮詢委員會委員；一九八一年至一九八七年任港府法律改革委員會委員；一九八五年至一九八九年任中華人民共和國香港特別行政區基本法起草委員會委員、政治體制小組召集人；同時是中華人民共和國香港特別行政區基本法諮詢委員會委員、執委會委員；一九九六年至一九九七年任全國人大常委（會）香港特別行政區籌委會委員。一九八一年至一九九三年金庸應邀回內地觀光，先後受到鄧小平、胡耀邦、江澤民等黨和國家領導人親切接見。

金庸是中國當代傑出的文學家，他是華人世界擁有讀者最多的一位作家。其作品以無與倫比的創造性想像爲線索，以豐富的人文精神爲底蘊，構成二十世紀下半葉中國文學的一大奇觀。金庸小說在世界漢語文化圈內產生巨大的迴響，他的作品深受各個階層的讀者喜愛。許多小說已被出版商譯成英文、法文、泰文、日文、韓文、越南文和馬來文等多種文字，風靡全球；他的多部小說還被改編爲電影、電視連續劇、動畫片、廣播劇和舞台劇等，先後在世界各地上演。

四十多年來，無論在中國內地、香港特區、寶島台灣，或是東亞、西歐、南洋、北美，都有人知道金庸這個名字，都有金庸小說在流傳，都有無數的金庸迷——他們中間不僅僅是海外讀者，不僅僅是青少年和中老年，不僅僅是俗世中的男女，而且有各個階層的人士——從販夫走卒、文人雅士、農夫工友、儒商富豪、兵士長官、教師學生、教授學者到軍政要員和政治家。據一項不完全統計，金庸小說暢銷不衰，讀者超過億萬，古今中外小說還無第二人。像世界聞名的科學家楊振寧、李政道、陳省身、華羅庚，像國際著名的中國文學專家陳世驤、夏濟安、程千帆，他們都喜歡閱讀和談論金庸小說。又如中外政要鄧小平、聶榮臻、王震，台灣蔣經國、馬英九、劉兆玄，印尼蘇哈托，越南吳廷琰，柬埔寨龍諾將軍等，都喜歡讀金庸小說。

也許讀者要問：何以金庸有如此多的讀者？何以金庸封筆退隱二十六年，金庸文學方興未艾？那麼讓我們一起走進金庸：

金庸小說，所創作的武俠故事，是浸透了金庸自己的世界觀、人生觀和藝術思想。他的作品，主題鮮明，思想內容非常豐富，作品主旨非常明顯——就是愛國主義、民族精神和民族團結。金庸以他在文學、藝術、地理、歷史的淵博知識，用現代意識批判儒家文化中狹隘的民族主義和打破種種錯誤觀念的束縛，表達了漢族和各少數民族彼此平等友愛、和睦相處的美好願望。

金庸小說，堪稱中國傳統文化的「百科全書」。他不僅有講述驚險曲折的武俠故事的卓越才能，而且有豐富的祖國傳統文化的修養，將歷史學、地理學、民族學、民俗學、宗教學以及詩詞歌賦、琴棋書畫、經典樂舞、醫學數理等等，寫入各書、各章之中，分別引述中國源遠流長的傳統文化知識，精心地用整體藝術效果容納在洋洋大觀的小說之中，撥動中國人民族文化精神世界的隱秘心弦，使中華民族古老文學形式在當代奇蹟般地大放異彩！

金庸小說，「俗極而雅、奇而致眞」。開卷寓情於娛樂之中，寓理於消遣之中，耐人品味，催人感悟，使人難以忘懷。他寫的《書劍恩仇錄》是一部「江山」誰主的歷史情仇與英雄史詩；《碧血劍》是一幕危邦亂世中明、淸、闖有關歷史江山與人生江湖的悲劇；《射鵰英雄傳》是一部憂國憂民、俠之大者的頌歌；《雪山飛狐》是一部描述歷史英雄在大敵當前「窩裡鬥」的傑作；《神鵰俠侶》是一部「情愛」的浪漫曲；《倚天屠龍記》則是一部「人倫之愛」的詠嘆調；而《白馬嘯西風》卻是一部愛情的憂傷畫卷；《天龍八部》是一部世界與社會、歷史與人生的悲歌集錦；《笑傲江湖》是一部對中國封建政治中權力鬥爭的模擬；《鹿鼎記》則是一部對中國古代封建文化的揭露與批判的寓言。由此可見，金庸小說對中國歷史與文化領悟之深刻，是當代作家所罕見的。

文學是人學。

金庸小說的故事，是以人生經歷及人生發展爲依據和核心的嘗試。他在刻畫人物性格，揭示人性內容；反映人世悲苦，創造人生境界；表現人心的隱秘，挖掘人類感情世界的奧妙；展示人才成長的某種規律，思索人文世界的具體環境對人種及其個性人格的影響和作用等方面，都作出了突出的貢獻，取得了卓越的成就。

金庸小說的藝術，是對民族文學邁向現代化的探索。他繼承和發揚了中國武俠小說的傳統，開創了武俠小說「從觀念之俠」到「理想人性」，進而深化到「現實的人生」的新模式、新格局；又汲取包括東西方的現代藝術新觀念、新思想、新風格、新技法與新形式，使作品敘事藝術、形象塑造、審美境界、人生境界——俠人與小人的人格、善人與惡人的人性、奇人與眞人的人生、男人與女人的情愛、超人與凡人的人才、漢人與夷人的人種等有獨特的「深層結構」，達到一種高妙的藝術境界，從而衝破了前人的規範和傳統的局限，探索和創造出自己的藝術天地。爲中國文學藝術的民族化與現代化的統一、繼承、借鑒、革新，創造了成功的經驗。正如北京大學教授、著名學者嚴家炎先生所說：「如果說『五四』文學革命使小說由受輕視的『閒書』而登上文學的神聖殿堂，那麼，金庸的藝術實踐又使近代武俠小說第一次進入文學的宮殿。這是另一場革命，是一場靜悄悄地進行著的文學革命，金庸小說作爲二十世紀中華文化的一個奇蹟，自當成爲文學史上的光彩篇章。」

「金庸小說、風行天下。」

金庸小說是道道地地的中國文化與藝術的繼承者和開拓者。可喜的是，在中國當代文壇上產生一種文化現象——掀起了「金學」研究的熱潮。所謂「金學」就是「金庸之學」，研究金庸及小說的學術與學問。在港台和大陸產生了諸如「金庸愛好者協會」、「金庸學術研究會」、「金庸通俗文學研究會」、「金

學研究會」、「金庸研究工作室」等等，並出版了數十種的金庸論著、叢刊和金庸研究專欄。令人更欣喜的是，國內外學者、專家對金庸小說及其「金學」研究，有了廣泛的共識，發表了高質量的論文和專著，並已有近二十所院校開設了「金庸研究」這一門課程，有的院校還創辦了「金學研究所」和「研究室」，不少大學的文科研究生、博士生還以金庸小說為題材撰寫畢業論文。所有這些，證明了一個以金庸小說為研究對象的「金學」在邁步走向二十一世紀，一個類似「紅學」研究興盛的「金學」研究，必然會在中國這塊土地上蔚然成風。

為繁榮我國文化，推出「金庸研究」叢書，將著名學者、金學專家、評論家、知名作家和教授：馮其庸、嚴家炎、錢理群、陳平原、陳墨、林興宅、林崗、曹正文、徐岱、吳秀明、楊春時、周錫山、湯哲聲、龍彼德……等先後出席金庸故鄉舉辦的「一九九六金庸學術研討會」、「一九九七金庸小說研討會」和「一九九八金學論壇」的三屆會議發言，書面交流的眞知灼見；及旅居美國、英國、香港的著名學者、專家：田曉菲、趙毅衡、彥火、楊興安、鄺健行等研精探微的心血之作，加以輯錄成書。她可謂：名家薈萃、高論迭出，新見紛呈、頗耐思尋，不少尙屬首次發表，彌足珍貴；她猶如錢江之濱的天下奇觀海寧潮：「海面雷霆聚、江心瀑布橫」，浪花飛雪、五彩斑斕，足使讀者開卷一新、啓迪胸扉。

休閒開卷讀金庸，金庸妙筆探無窮。

己卯年初夏於北京東城

作者簡介（依文章順序）

蘇振元　浙江大學外語學院副教授。

嚴家炎　北京大學中文系教授，國務院學術委員會學科評議員，中國現代文學研究會會長，海寧市金庸學術研究會名譽會長。

王　立　文學博士，遼寧師範大學教授。

吳秀明　浙江大學教授，浙大（西溪校區）中文系副主任。

馮其庸　教授、著名學者，曾任中國藝術研究院副院長，現爲中國紅樓夢學會會長、中國戲曲學會副會長、中國漢畫學會會長、中華炎黃文化研究會副會長兼海寧市金庸學術研究會名譽會長。

林興宅　廈門大學中文系教授、福建省社科研究系高級職務評審委員會委員，兼任中國當代文學研究會理事、中國中外文藝理論學會常務理事。

龍彼德　評論家、詩人，現任浙江省文聯文藝研究室主任、編審。

徐　岱　浙江大學教授，浙大（玉泉校區）人文學院中文系主任。

田曉菲　美國哈佛大學文學博士，現任美國康乃爾大學東亞語言文學系客座教授。

趙毅衡　英國倫敦大學東亞學院資深教授。

楊興安　曾任金庸先生秘書。著有《漫談金庸筆下世界》、《金庸小說十談》等書，香港評論家以〈金庸小說迷楊興安〉、〈研究金著成就傲人〉等專文稱頌其學術造詣。

呂啓祥　中國藝術研究院研究員，中國紅樓夢學會常務理事。

鄺健行　希臘雅典大學博士，香港浸會大學中文系教授。

陳平原　文學博士，北京大學中文系教授，海寧市金庸學術研究會顧問。

湯哲聲　文學博士，蘇州大學教授，蘇州大學文學院新聞傳播系主任。

楊春時　吉林大學文藝學碩士，現任廈門大學中文系教授、中國中外美學學會常務理事。

陳　墨　文學碩士，中國電影藝術研究中心研究員，大陸「金學」研究者第一人。

周錫山　華東師大文學碩士，現任上海藝術研究院研究員。

林　崗　文學博士，深圳大學教授、中文系主任。

曹正文　上海《新民晚報》、《讀書樂》專版主編，於一九八九年列入英國《世界名人錄1989-1990》。

錢理群　北京大學中文系教授。

彥　火　香港明報出版社／《明報月刊》總編輯兼總經理。

目錄

第一篇／華山論劍——寫作技巧分析

第二篇／玲瓏棋局——內容透視

第三篇／倚天既出，誰與爭鋒——作品地位論述

第四篇／澆心頭塊壘——讀後漫談

第三篇

倚天既出，誰與爭鋒

——作品地位論述

論金庸小說的成功與武俠小說的出路

陳平原

金庸的成功，對於世紀末中國的文壇和學界，都是個極大的刺激。所謂雅／俗之爭、所謂大／小傳統之別、所謂高等／大衆文化的分野，由於《笑傲江湖》等小說的出現，變得更加複雜。在上述三對概念中，「雅俗」的歷史無疑最爲久遠，邊界也最爲模糊。選擇相對含混的「雅俗」作爲論述的主線，緣於金庸對傳統中國文化的迷戀，以及二十世紀中國文學演進的特殊性。也就是說，在我看來，談論武俠小說在本世紀的命運，作爲參照系的，不只是「新文學」的迅速崛起，或者工業文明的橫掃千軍，還必須將「舊文學」之「被壓抑」以及「不絕如縷」考慮在內。

時至今日，稱金庸的貢獻在於其以特有的方式超越了「雅俗」與「古今」，不難被學界認可。難以說清的是，金庸的成功，到底是不可重複的奇蹟，還是能夠轉化爲一種新的文學傳統？若是後者，則敢問「路在何方」？大作家的出現，可以提升一個文學類型的品格，這點早被中外文學史所證實。追問金庸是否提升了武俠小說的品格，或者設想武俠小說到底還能走多遠，主要不是爲了預測未來，而是從另一側面理解這一小說類型的潛力，並進而破譯金庸獲得巨大成功的「秘訣」。

談論本世紀中國武俠小說的興衰，無法繞開其與「新文學家」的尖銳對立。金庸自然也不例外。唯一不同的是，金庸不滿足於自堅營壘，而是主動出擊，對新文學家的選擇頗多微詞。因而，本文的寫作，不能不時時回應「五四」以來新文學家對作為一種小說類型的武俠小說的嚴厲指責。

一

作為本世紀最為成功的武俠小說家，金庸從不為武俠小說「吆喝」，這點值得注意。在許多公開場合，金庸甚至「自貶身價」，稱「武俠小說雖然也有一點點文學的意味，基本上還是娛樂性的讀物，最好不要跟正式的文學作品相提並論」❶。如此低調的自我陳述，恰好與在場眾武俠迷之「慷慨激昂」形成鮮明的對照。將其歸結為兵家之欲擒故縱，或者個人品德之謙虛謹慎，似乎都不得要領。

在幾則流傳甚廣的訪談錄（如〈長風萬里撼江湖〉、〈金庸訪問記〉、〈文人論武〉、〈掩映多姿跌宕風流的金庸世界〉）中❷，金庸對於武俠小說的基本看法是：第一，武俠小說是一種娛樂性讀物，迄今為止沒有什麼重大價值的作品出現；第二，類型的高低與作品的好壞沒有必然聯繫，武俠小說也和其他文學作品一樣，有好也有壞；第三，若是有幾個大才子出來，將本來很粗糙的形式打磨加工，武俠小說的地位也可以迅速提高；第四，作為個體的武俠小說家，「我希望它多少有一點人生哲理或個人的思想，透過小說可以表現一些自己對社會的看法」。如此立說，進退有據，不卑不亢，能為各方人士所接受，可也並非純粹的外交辭令，其中確實包含著金庸對武俠小說的定位。

可是，請別忘了，撰寫「娛樂性讀物」的，只是文化人查良鏞的一隻手；還有另外一隻手，正在撰寫「鐵肩擔道義」的政論文章。據我猜想，在很長時間裡，查氏本人更看重的是後者，而不是前者。據說，「《明報》不倒閉，全靠金庸的武俠小說」；這話用在查氏創業之初，當不無道理。爲了吸引廣大讀者，查良鏞以《神鵰俠侶》等作爲誘餌——如此陳述，很容易消解小說家金庸的「意義」。但我寧願相信，這是實情。因爲，在我眼中，查先生是個有政治抱負的小說家。也正是這一點，使其在本世紀無數武俠小說家中顯得卓爾不群。

「五四」以降，創作態度稍微認眞的武俠小說家，面對新文學家義正詞嚴的道德討伐，只有招架之功，而無還手之力。敢於理直氣壯地爲自家創作辯護的，寥寥無幾，而且也都說不出什麼大道理。原因是，著名的新文學家多爲「大知識分子」❸，政治上舉足輕重，在文壇上更是能夠呼風喚雨，其社會地位及影響力，絕非賣文爲生的平江不肖生等人可比。另外，新文學家之批評「舊派小說」的「金錢主義」以及以「消閒」爲唯一旨趣，基本上擊中要害。在本世紀末以前的中國，文人無論新舊，對於純粹「遊戲」、「消閒」的作品，評價歷來不高。一句「基本上還是娛樂性的讀物」，便足以使金庸放棄爲武俠小說辯護的責任。至於金庸本人，爲何一面自貶身價，一面樂此不疲，因其另有崇高志向——具體說來，便是《明報》的事業。

有了《明報》的事業，金庸與無數武俠小說家拉開了距離。一個武俠小說家，不只是娛樂大衆，而且可以引導社會輿論，在金庸奇蹟出現以前，實在不能想像。據說，金庸撰寫的社評與政論，總共約兩萬篇。倘若有一天，《查良鏞政論集》出版，將其與《金庸作品集》參照閱讀，我們方能眞正理解查先生的抱負與情懷。

查氏之政論文章，讀者面自然遠不及其武俠小說，可備受學者及政治家的關注。前者以金耀基爲例：在率領香港中文大學諸學者「文人論武」時，金氏大談對於查先生所撰社論之熱愛，稱其「知識豐富，見解卓越，同時有戰略、有戰術，時常有先見之明，玄機甚高，表現出銳利的新聞眼」❹。後者則有查氏《北國初春有所思》記錄的與江澤民的會談爲證：「沒有仔細讀過」金庸的武俠小說的「江總書記」，卻很關注查先生發表在《明報》上的政治見解❺。

作爲小說家的金庸早已金盆洗手，而作爲政論家的查良鏞仍然寶刀不老，表面上二者有時間差，可這不妨礙我們將其相提並論。因爲，在金庸創作的高峰期，左手政論，右手小說。我關注的是，這種寫作策略，使武俠小說家金庸一改「邊緣」姿態，在某種程度上介入了現實政治與思想文化進程。

既不完全認同新文學家的「雅」，也不眞正根基於武俠小說家的「俗」，而是兩面開弓，左右逢源。支撐起如此獨立不羈的言說的，乃是其作爲「輿論家」的自我定位以及由此而派生的「道義感」。晚清以降，文學的雅俗之爭，有審美趣味的區別，但更直接的，還是在於社會承擔：一主干預社會，一主娛樂人生。查氏起步之處在新聞，現代中國的新聞事業，恰好與武俠小說有千絲萬縷的聯繫（絕大部分武俠小說，都是先在報刊連載，而後才單獨刊行的）。可是，同在一張報紙，頭版的社論與末版的副刊，各有各的功能，幾「不可同日而語」。金庸之自辦報紙，並且「赤膊上陣」，下午褒貶現實政治，晚上揄揚千古俠風。有商業上的野心，但更有政治上的抱負。長期堅持親自撰寫社評，實際上認同的是新文化人的擔當精神——這才能理解金庸爲何對作爲一種「娛樂性讀物」的武俠小說評價並不高。

金庸曾表示，當初撰寫武俠小說，固然有自娛的成分，主要還是爲了報紙的生存。如此「動機不純」，難怪其對於僅局限於此的同道，不太恭維。時至今日，金庸仍是第一個在小說之外還有顯赫功績的武俠小說家。查氏本人對此十分自豪。在北京大學授予名譽教授儀式上，出現一個有趣的局面：校方表彰的是「新聞學家」，金庸演講的是「中國歷史」。至於武俠小說，依然「不登大雅之堂」。「大家希望聽我講小說，其實寫小說並沒有什麼學問，大家喜歡看也就過去了。我對歷史倒是有點興趣。」❻如此立說，確實讓無數「金迷」大失所望。不願意只是被定義爲「武俠小說家」，金庸於是不時提醒讀者，請關注他眞正的「學問」。

其實，關於金庸的傳記或著述，大都會提及其値得誇耀的「《明報》的事業」。本文只是將常見的「並列句」改爲「因果句」，而且不是從《神鵰俠侶》對於《明報》銷量的決定性影響立論，而是反過來，強調辦報紙、寫社評對於《笑傲江湖》等小說創作的意義。社論與小說，一訴諸理性與分析，一依賴情感與想像，前者需要「現實」，後者不妨「浪漫」。如此冷熱交替，再清醒的頭腦，也難保永遠不「串行」。只要對當代中國政治略有了解，都會在《笑傲江湖》和《鹿鼎記》中讀出強烈的「寓言」意味；可金庸本人偏偏極力否認其有所影射。在《笑傲江湖》的〈後記〉中，金庸稱：

> 這部小說透過書中一些人物，企圖刻畫中國三千年來政治生活中的若干普遍現象。影射性的小說並無多大意義，政治情況很快就會改變，只有刻畫人性，才有較長期的價值。

其實，小說家之追求普遍意義，與政論家的注重現實感慨，並不完全牴牾。說「影射」或許過於坐實，但對「千秋萬載，一統江湖」的極度反感，畢竟包含著明顯的現實刺激。

即便小說家無意影射，政論家的思路也不可能嚴守邊界，不越雷池半步。就在左右手交錯使用之際，不可避免地，「串行」發生了。說者無心，聽者有意，有無影射，二說皆可。就像六朝人嫺熟藻繪駢偶，即便無意爲文的著述，在後人眼中，也都頗有「文章」的韻味。同時寫作政論與小說，使得金庸的武俠小說往往感慨遙深。撰寫政論時，自是充滿入世精神；即便寫作「娛樂性讀物」，金庸也並非一味「消閒」。理解查君的這一立場，不難明白其何以能夠「超越雅俗」。儒道之互補、出入之調和、自由與責任、個人與國家，在金庸這裡，既落實在大俠精神之闡發，也體現爲小說與政論之間的巨大張力。

二

武俠小說與《明報》社評，二者不可通約，可也並非完全絕緣。強調金庸的小說與政論之間的互補關係，其實是爲了指向武俠小說之特色：極大的兼容性。很難想像言情小說或偵探小說也能如此「兼容」

政治與社會、文化與歷史。篇幅巨大，有足夠的空間可供小說家縱橫馳騁，這並非主要原因。關鍵在於，作為一種小說類型，武俠小說從一誕生起，便趨向於「綜合」。

同是武俠小說家的古龍，自覺到這一點，在一次與金庸的座談時，曾稱：

> **武俠小說有一點不易為人公認，甚至武俠小說的作者也鮮少意識到的，那就是武俠小說可以融合各種小說類型及小說寫作技巧。❼**

古龍舉出金庸的小說對於歷史小說、推理小說和愛情小說的借鑑。其實，這並非金庸個人的獨創，而是小說類型的內驅力決定的。

在我的論述框架中，游俠文學源遠流長，但作為小說類型的武俠小說，則只能說是後起之秀。清代俠義小說在其走出混沌狀態的過程中，從公案小說學來長篇小說的結構技巧，從英雄傳奇學來打鬥場面以及俠義主題，又從其對手風月傳奇那裡學來了「既俠又情」❽。進入二十世紀，武俠小說的聲威日漸壯大，其綜合能力也日漸高超，以致逐漸成了章回小說的代表。六〇年代范煙橋改訂《民國舊派小說史》時，論述的次序是言情小說、社會小說、歷史小說、武俠小說、偵探小說；九〇年代王先霈等主編《八〇年代中國通俗文學》，武俠小說已經成了通俗文學的排頭兵，而後才是偵探小說、言情小說、歷史小說等❾。後起的武俠小說，有能力博採眾長，將言情、社會、歷史、偵探等納入其間，這一點，其他小說類型均望塵莫及。這就難怪，世人之談論「仍然健在」的傳統中國小說，很容易舉出武俠小說作為代

表。

武俠小說之日漸走向綜合，必定對作家的學識與修養提出較高的要求。可以像古龍那樣憑藉個人天賦出奇制勝，但武俠小說的「名門正派」，非金庸莫屬。《碧血劍》之附人物論〈袁崇煥〉，《射鵰英雄傳》書後之成吉思汗家族諸傳記，《倚天屠龍記》之描寫明教及元末歷史，還有《鹿鼎記》中大量的注解，都只是金庸學識的冰山一角。凡讀過金庸小說的，無不對其歷史知識與文化修養之豐厚留下深刻印象。這裡舉兩篇文章為例。馮其庸在〈讀金庸〉中稱：「一個小說家具備如此豐富的歷史、社會知識，而且文章如行雲流水，情節似千尋鐵鏈，環環相扣，不可斷絕，而且不掉書袋，不弄玄虛，平平敘來，而語語引人，不可或已，這已是十分難得的了。」嚴家炎的〈一場靜悄悄的文學革命〉則曰：「我們還從來不曾看到過有哪種通俗文學能像金庸小說那樣蘊藏著如此豐富的傳統文化內容，具有如此高超的文化學術品位……。金庸的武俠小說，簡直又是文化小說；只有想像力極其豐富而同時文化學養又非常淵博的作家兼學者，才能創作出這樣的小說。」[10]

金庸小說的這一特徵，又因新文學家之「主動棄城」而顯得格外突出。小說家必須承擔傳播文史知識的重任，這在古代中國，乃天經地義。羅燁的《醉翁談錄》、凌雲翰的《剪燈新話．序》以及「袁宏道」的《東西漢通俗演義．序》等，其談論的對象，分別指向話本、傳奇和章回小說，可都強調作家必須「好古博雅」，方能滿足讀者獲得文史知識的需求。可惜的是，新文學家主要關注現實世界，或突出理解與干預，或追求誇張與變形，放棄此「古已有之」的傳播知識的功能。其結果是，小說家過於依賴一己

有限的生活積累，而不太注重自身的文化修養。以致到了八〇年代中期，也是新文學家的王蒙，必須站出來大聲呼籲「作家的學者化」。這一呼籲，直接針對的，便是著名作家「沒文化」這一奇異現象。反而是武俠小說家主張「知識面愈廣愈好」，尤其應具備古典詩詞、宗教學、歷史學、地理學、民俗學等方面的基本修養⓫。在傳播傳統中國的文史知識方面，新文學家明顯「不負責任」，這就難怪不少人將好的武俠小說作爲了解中國歷史與文化的入門書來閱讀與品味。

金庸之值得格外關注，主要不在於文化知識的豐富，而是其對於中國歷史的整體把握能力。查先生對此頗爲自信，在北京大學講歷史而不講文學，正是此心態的最佳表現。將外族入侵與民族復興聯繫起來，稱中國歷史上七次大的危機，同時也是七次大的轉機——此說據說在加拿大英屬哥倫比亞大學演講時大獲好評，教授們「覺得我的這些觀念比較新」⓬；可在北大演講時，則未見大的反響。主要原因是，關注種族衝突與文化融合，乃史家陳寅恪一以貫之的學術思路，其入門及私淑弟子周一良、唐長孺以及衆多再傳弟子，對此均有很好的發揮。因此，當查先生稱「我想寫幾篇歷史文章，說少數民族也是中華民族的一分子……這些觀念我在小說中發揮得很多，希望將來寫成學術性文字」時，未能博得滿堂掌聲。

可話說回來，作爲小說家，金庸之突破嚴守華夷之辨的正統觀念，確實十分難得。與曹禺之接受周總理囑託寫作「歌頌民族大團結」的《王昭君》大不一樣，金庸是在自己的閱讀與思考中，逐漸形成獨立的「中國歷史觀」的。更重要的是，這些觀念，在小說中發揮得非常出色。在《金庸作品集「三聯版」

序》中，金庸如此白述：

> 我初期所寫的小說，漢人王朝的正統觀念很強。到了後期，中華民族各族一視同仁的觀念成爲基調，那是我的歷史觀比較有了進步之故。這在《天龍八部》、《白馬嘯西風》、《鹿鼎記》中特別明顯。

金庸小說的背景，大都是易代之際（如宋遼之際、元明之際、明清之際）。此種關注家國興亡的思路，既有政論家的人生感慨，也有「亂世天教重俠游」（柳亞子詩）的現實考慮，還包含章太炎、周作人所說的綱常鬆弛時思考的自由度。可所有這些，均不及最後一點值得注意：金庸小說中的「易代」，往往糾合著激烈的民族矛盾，而這，正是其馳騁學識與才情的大好疆場。

不過，對於金庸的史學修養，不應評估過高。這裡強調的是，對於中國歷史的獨立思考，乃金庸小說成功的一大關鍵。對於此類「橫通」的本事，專家們往往不太以爲然。比如，學者們常以譏諷的口氣談論林語堂的長處是「對外國人講中國文化，對中國人講外國文化」[13]。這其實很不容易。跨越不同文化領域，所需的學養與膽識，非只有「一技之長」的專家們所能想像。據說，戴高樂也曾戲稱雷蒙·阿宏爲「法蘭西學院的記者和《費加洛報》的教授」[14]，此說表面刻毒，卻並非一無可取。在某種意義上，擅長跨越既有的學科邊界，乃各行各業「大家」共同之拿手好戲。正是政論家的見識、史學家的學養，以及小說家的想像力，三者合一，方才造就了金庸的輝煌。

三

不只是具體的學識，甚至包括氣質、教養與趣味，金庸都比許多新文學家顯得更像傳統中國的「讀書人」。「五四」一代新文學家中，像周氏兄弟那樣學養豐厚的，並不少見；問題是，三、四〇年代以後，從事新文學創作的，更強調「生活積累」而不是「文化修養」。這裡有家庭經濟及教育水平的限制，但同樣不容忽視的是，「五四」新文化思潮對傳統中國的激烈批判，使得以「進步」自居的後生小子，往往低估了祖先的智慧與才華。不能說沒讀書，也並非眞的把線裝書統統扔進茅坑，而是以西方文化剪裁中國文化的大思路，使得作家們普遍對傳統中國缺乏信心與興趣。

就在這新文學家主動放棄的大片沃土上，金庸努力耕耘，並得到豐厚的回報。金庸對自家工作的意義，有足夠的自信。屢次發言，均在此大做文章。在〈文人論武——香港學術界與金庸討論武俠小說〉中，金庸直截了當地稱：「也有人問武俠小說爲什麼那麼多人喜歡看，我覺得最主要的大概是武俠小說比較根據中國的傳統來著手。」章回小說的結構方式、簡潔高雅的文學語言、再加上描寫的是傳統中國的社會生活、小說中體現的又是國人樂於接受的價值觀念，金庸的武俠小說於是不脛而走。至於新文學家寫作的「文藝小說」，在金庸看來，「雖然用的是中文，寫的是中國社會，但是他的技巧、思想、用語、習慣，倒是相當西化」⑮。稱魯迅、巴金、茅盾等人是在「用中文」寫「外國小說」，未免過於刻薄；但新文學家基於思想啓蒙及文化革新的整體思路，確實不太考慮一般民衆的閱讀口味。

具體到武俠小說的評價，新舊文學家更是如同水火。這裡必須將近在眼前的庚子事變的慘痛教訓考慮在內。鄭振鐸稱新文化運動初起之時，「『新人們』是竭了全力來和這一類謬誤的有毒的武俠思想作戰的」，原因是義和團的降神儀式及「刀槍不入」記憶猶新，不由人不對其「使強者盲動以自戕，弱者不動以待變」保持高度警惕⑯。同樣將關於游俠的想像作爲「民族性」來理解，金庸與鄭振鐸的態度截然相反。後者稱「注重『人情』和『義氣』是中國傳統社會特點，尤其是在民間與下層社會」；「武俠小說中的道德觀，通常是反正統，而不是反傳統」⑰。大力張揚處於民間的、反正統的游俠精神，在金庸看來，符合現代人對於傳統的選擇與重構，並無不妥之處。

「一簫一劍平生意」（龔自珍詩），千古文人之俠客夢，並不完全認同於某一具體的人物或事件。游俠作爲一種民間文化精神，之所以活躍在古往今來無數文人筆下，因其容易成爲馳騁想像、寄託憂憤的對象。不同時代、不同文體、不同作家，對於游俠精神，會有截然不同的詮釋；但這並不妨礙「游俠」對於中國文人的巨大感召力。現代學者中，不乏對游俠情有獨鍾的，倒是新文學家基於思想鬥爭的需要，完全捨棄對於游俠的追懷。

不以武俠小說見長的張恨水，在《我的寫作生涯》中，有一段話值得關注：

> 倘若眞有人能寫一部社會裡層的游俠小說，這範圍必定牽涉得很廣，不但涉及軍事政治，並會

涉及社會經濟，這要寫出來，定是石破天驚，驚世駭俗的大著作，豈但震撼文壇而已哉？我愈想這事愈偉大，只是謝以僕病未能。⓲

張氏心目中理想的武俠小說，應是「不超現實的社會小說」，故將目光鎖定在「四川的袍哥、兩淮的幫會」上。李劼人的長篇小說《死水微瀾》、《大波》等，倒是以四川袍哥爲主要描寫對象，但其對於傳統中國文學的借鑒，取艷情而非武俠⓳。

另外兩位有可能寫作武俠小說的新文學家，一是老舍，一是沈從文。前者不只有《離婚》中的趙二爺或短篇小說《斷魂槍》可作樣稿，據說還眞有闖蕩江湖的打算；後者極力讚賞湘西混合著浪漫情緒與宗教意識的游俠精神，甚至稱「游俠精神的浸潤，產生過去，且將形成未來」⓴。很可惜，以長篇小說見長的沈、舒、李諸君，雖則對游俠精神、世俗生活以及民間幫派深有體會，卻不曾跨越雅俗之門檻，介入武俠小說的寫作。否則，當不至於讓金庸獨步天下。

二、三〇年代新舊文人關於武俠小說的爭論（準確地說，是「討伐」，因理論上舊文學家絕非新文學家的對手），使得占據文壇主導地位的新文學家，輕易不肯「浪跡江湖」。只有像宮白羽那樣到了山窮水盡的地步，方才「改行」寫起武俠小說來。讓章回小說家壟斷關於游俠的想像，在我看來，乃「五四」新文化人的一大失策。現實中的武俠小說不如人意，這不應該成爲放棄游俠的充足理由。在我看來，理解中國歷史與中國社會，大傳統如儒釋道固然重要，小傳統如游俠精神同樣不可忽視。作爲一種民間文化精神的游俠，在本世紀許多一流文人的視野中消失，這對現代中國的思想史及文學史，都是難以彌補的損失。

游俠精神之值得關注，與武俠小說的發展前景，二者並不完全等同。金庸的成功，既是武俠小說的光榮，也給後來者提出巨大的挑戰：武俠小說能否再往前走？文學史家及金庸本人均承諾，大作家的出現，可以提升一個文學類型的品位。這自然沒錯，可還必須添上一句：能否繼續發展，取決於文類的潛力及預留空間的大小。從《三俠五義》到《笑傲江湖》，一百多年間，武俠小說迅速走向成熟。魯迅《中國小說史略》稱：「俠義小說之在清，正接宋人話本正脈，固平民文學之歷七百餘年而再興者也」。接下來的話，可就令人洩氣了：「唯後來僅有擬作及續書，且多溢惡，而此道又衰落。」[21]金庸等人的崛起，又使得此「宋人話本正脈」再度接續，且大有發展餘地。魯迅所說的「平民文學」，包括精神和文體。前者定位在廟堂之外，自是十分有理；後者局限於「話本正脈」，則略嫌狹隘。

或許，下個世紀武俠小說的出路，取決於「新文學家」的介入（取其創作態度的認真與標新立異的主動），以及傳統游俠詩文境界的吸取（注重精神與氣質，而不只是打鬥廝殺）。某種意義上，金庸已經這麼做了；但我以爲，步子可以邁得更大些。畢竟，對於史家與文人來說，游俠精神，是個極具挑戰性且充滿誘惑力的「永恆的話題」。

（本文原載《當代作家評論》一九九八年第五期）

注釋：

❶林以亮等：〈金庸訪問記〉，《諸子百家看金庸》第三冊。

❷上述諸文載《諸子百家看金庸》第三、四冊，台北：遠流出版公司，一九八七年版；費勇等著《金庸傳奇》附錄，廣州：廣東人民出版社，一九九六年版；《金庸研究》第二期，海寧市金庸學術研究會，一九九七年。

❸杜南發：〈長風萬里撼江湖——與金庸一席談〉，《諸子百家看金庸》第四冊。

❹劉曉梅：〈文人論武——香港學術界與金庸討論武俠小說〉，《諸子百家看金庸》第三冊。

❺查良鏞：〈北國初春有所思〉，見《俠之大者——金庸評傳》附錄，北京：中國社會出版社，一九九四年版。

❻〈金庸的中國歷史觀〉，原載《明報月刊》，期數不詳；這裡依據的是《金庸研究》創刊號的轉載本，海寧市金庸學術研究會，一九九六年。

❼王力行等：〈掩映多姿跌宕風流的金庸世界〉，《金庸傳奇》附錄。

❽陳平原：《千古文人俠客夢——武俠小說類型研究》第三章，北京：人民文學出版社，一九九二年版。

❾范煙橋：〈民國舊派小說史略〉，收入魏紹昌編《鴛鴦蝴蝶派研究資料》上冊，上海文藝出版社，一九八四年版；王先霈等主編：《八〇年代中國通俗文學》，武漢：湖北教育出版社，一九九五年

版。

❿參見馮其庸的〈讀金庸〉和嚴家炎的〈一場靜悄悄的文學革命〉，這裡使用的是《金庸研究》創刊號的轉載本。

⓫梁羽生：〈從文藝觀點看武俠小說〉，收入韋青編《梁羽生及其武俠小說》，香港：偉青書店，一九八〇年版。

⓬參見《金庸的中國歷史觀》。

⓭在我早年的著述中（《在東西方文化碰撞中》，浙江文藝出版社，一九八七年版），也曾如此譏評林語堂，隨著年齡與見識的漸長，方知此中甘苦。

⓮參見尼古拉．巴維雷茲著，王文融譯：《歷史的見證——雷蒙．阿宏傳》第四四二頁，北京大學出版社，一九九七年版。

⓯參見杜南發：〈長風萬里撼江湖——與金庸一席談〉。

⓰鄭振鐸：〈論武俠小說〉，《海燕》，新中國書店，一九三二年版。

⓱金庸：〈韋小寶這小傢伙〉，見《俠之大者——金庸評傳》附錄。

⓲張恨水：《我的寫作生涯》第五六頁，成都：四川人民出版社，一九八一年版。

⓳李劼人的小說創作，深受法國作家左拉的影響，這點學界早有論列；至於其對傳統艷情小說有強烈興趣，則得益於《中華書局收藏現代名人書信手跡》（中華書局，一九九一年版）的出版。參見

李君一九三五年五月十二日致舒新城信。

⑳沈從文：〈湘西·鳳凰〉，《沈從文散文選》，北京：人民文學出版社，一九八二年版。

㉑《魯迅全集》第九卷二七八頁，北京：人民文學出版社，一九八一年版。

論金庸小說的歷史定位

湯哲聲

金庸小說終於從「引車賣漿之流」的茶餘飯後之閒談，進入了文學研究的殿堂，這一變化並不是什麼人的恩賜，而是金庸小說的價值所決定的。那麼金庸的價值又是些什麼呢？從讀者的閱讀反應上說，金庸小說吸引了各個層次的讀者；從文本上說，金庸小說創造了衆多的敘事模式；從文化上說，金庸小說有了更多的生命關懷和道德批判。本文試圖從文學史的角度上論證金庸小說的價值。

一、四〇年代以來「大衆型」小說的重要成果

本世紀中國小說具有明顯的兩條系列，一條是人們所熟知的新小說系列，另一條是客觀存在的而不受重視的通俗小說系列。本世紀的通俗小說是中國傳統小說的延續。一八九七年嚴復、夏曾佑的〈本館附印說部緣起〉和一九〇二年梁啓超的〈論小說與群治之關係〉爲標誌的清末民初的文學改革，不僅把小說提高到無以復加的地步，也對中國的傳統小說提出了改革的要求。中國傳統小說突破了話本模式，而對現實社會特別關心，新聞報紙的出現既給小說提供了發表的陣地，也制約或影響了小說家的創作思

維和文本模式。一九一一年之後小說從正報逐步固定於副刊，作者也由記者型歸位於文人型，再加之大量引進的外國小說的影響，中國小說的文化觀念和文本模式都出現了重要的變化。此時大量出現的言情小說並不是「一對鴛鴦，一雙蝴蝶」所能概括的，徹底的哀情引發起人們對傳統婚姻觀念的恐懼，並對傳統道德觀念的合理性產生了思考。第一人稱的敘事、倒敘手法的運用、大量的心理刻畫和白話文的寫作是此時小說創作的主要模式。清末民初的文學改革是中國傳統文化變革的反應，中國文學現代化正是從這裡起步的。

但是，一九一七年登上文壇的新文學並沒有看到這一點，他們是以否定的態度評價清末民初的文學改革的，以批判的眼光評析清末民初的小說創作的。「五四」新文化運動是想把中國文化納入世界文化潮流之中去，是為已建立了共和國體的中國人進行共和意識的補課❶，其評價是非的標準是看是否符合世界文化潮流，朱自清說得非常正確：「在那個階段上，我們接受了種種外國的標準，而向現代化進行著。」❷根據這樣的價值標準，新文學同人也就自然地否定了屬於中國傳統文化變革的清末民初的文學改革，他們的批判應該說是切中時弊的，特別是對當時文壇瀰漫著的消遣愉悅觀和「記帳式」的小說描寫法的批判，都對中國文學的發展有著深遠的歷史意義。然而「五四」新文學同人卻沒有科學地客觀地分析清末民初的文學改革，沒有看到中國傳統文化正在發生變化的積極意義。「五四」以後，通俗文學作家默默地接受了新文學的批判，並使自己的文學創作有了很大的進展，新文學作家對他們同樣持完全否定的態度，甚至將它們摒棄於文學的大門之外。新文學作家如此的態度，一方面影響了自我的發展，另一方面也給了通俗文學發展的機會和餘地。「五四」之後新文學把文學創作和社會改造更緊密地結合起來，具有更強烈的啓蒙意識和使命感，而通俗文學卻在勸俗的文化觀念之下，更關心發生在身邊的各種事情。後者都是直接關係到廣大市民的切身利益而爲廣大市民所關心的事情，他們就自然地成爲了通俗文學龐大的讀者群。在現代中國，文學的讀者主要是市民階層，這是不爭的的事實。於是，在現代文學史上新文學代表了文化的導向，通俗文學卻構成了閱讀主體。

令我們更感興趣的不是這兩條文學系列的排斥，而是它們之間的互相影響和滲透，文學創作本身就沒有什麼截然不同的思維方法，何況是在同一個創作環境之中呢？其實，中國現代文學史上的這兩條系列存在之日時，它們就開始了互相影響和滲透，突出地表現在小說創作上。在二、三〇年代通俗文學表現得要明顯些，代表著通俗文學調整後再次勃興的張恨水、劉雲若、程瞻廬等人的作品，均以人生命運爲主線，具有較強的平民意識和鮮明的性格特徵，他們顯然是吸取了新文學的創作營養。新文學作家是否接受了通俗文學的一些長處了呢？在我看來還是有的，只不過表現得隱秘些而已。巴金、老舍，甚至批判通俗文學最激烈的茅盾的作品中，也還存在著不少「通俗文學因素」[3]。這種影響和滲透到了四〇年代就明顯化了。民族戰爭使得中國文學界出現了前所未有的團結和統一；四〇年代初的「民族文藝形式」的討論，是三〇年代「大衆化問題」討論後又一次提出文學的大衆化問題，社會和文化的大環境都促使著新文學和通俗文學互相靠攏。特別是經過了二十多年的創作實踐，新文學和通俗文學之間的創作優勢已相當明瞭，互相吸取長處勢在必然。縱觀此時的小說創作，巴金、老舍、張天翼、茅盾等新文學作家的作品和張恨水、平襟亞、徐卓呆、包天笑等通俗文學作家的作品，在價值取向、題材的選擇、表現情趣以及創作手法上都十分相似，此時剛踏入文壇的張愛玲、蘇青、潘予且等人的作品是很難用機械的新文學和通俗文學的概念加以界定的。這一類小說既有新的人文精神的關照，又具有中國作風和中國氣派，我稱它們為「大衆型」小說。這類大衆型小說的出現是令人鼓舞的，它標誌著中國小說在民族化的道路上走向現代化，說明了中國小說的現代形態基本成形。

金庸小說是四〇年代大衆型小說的繼續，並標誌著這類大衆型小說走向成熟。在他的小說中，人生價值的思考和傳奇的人生經歷結合了起來，歷史的啓蒙意識和離奇的故事情節結合了起來，社會的責心和奇特的人物個性結合了起來，既有廣博的社會生活，又有歷史文化的縱深感；既有人生的感悟，又有閱讀的愉悅，本世紀以來的新文學和通俗文學兩條系列在他這裡得到了相當美滿的融合。金庸的成功是他對四〇年代文學傳統繼承，是他個人的勤奮努力，而他的生存環境又給予了他成功的可能。四〇年代的大衆型小說在中國大陸並沒有得到延續，緊密的意識形態化使得小說既缺少人文精神，也遠離平民大衆的生活。而歷史卻給金庸提供了機會，他能夠對中國的傳統文化進行充分的思考，能夠將自我的社會見解、政治的評析和人生價值的得失都充分地融會於作品之中。當歷史給予中國大陸的作家這樣的機遇時，他們同樣也創作出了衆多的優秀作品。中國大陸改革開放以來出現的優秀作品，又無不是在民族化的道路上追求現代化，四〇年代的大衆型小說在大陸得以延續，雖然這是「遲到的春天」。

二、中國武俠小說的「命運模式」

武俠小說是中國特有的文學現象，但是沒有本世紀如此狂熱的創作熱潮，它也難以成史。金庸是迄今爲止成就最高的武俠小說家，他把中國武俠小說又推向了新的高峰。

武俠小說到本世紀二〇年代才作爲一種小說題材進行創作的。向愷然（平江不肖生）的《江湖奇俠傳》、《近代俠義英雄傳》和趙煥亭的《奇俠精忠傳》拉開了現代武俠小說的創作帷幕。經過了衆多作家近十年的創作實踐，至三〇年代李壽民（還珠樓主）出現武俠小說形成了創作流派。

李壽民是以武俠系列小說《蜀山劍俠傳》而聞名於文壇的。他的貢獻在於改變了以往武俠小說單純地追求俠人俠事的創作模式，把俠情俠事和中國的傳統文化結合了起來，使得武俠小說的文化品味上了一個層次，他爲武俠小說打開了想像的空間，他筆下的「劍仙世界」雖有不少荒誕無稽的成分，卻給武俠小說作家留下了重要的啓發❹：武俠小說中慣有的性格怪異的人物、招式怪異的武功和絕處逢生的奇遇，在他的小說中大量出現。中國現當代武俠小說中特有的「童話」色彩是李壽民首創的，依據他的作品向前展望，我們依稀地可以看到《封神演義》的影子。

就在衆多的模仿者跟隨在李壽民之後的時候，沿著《兒女英雄傳》的路子，王度廬創作出了哀情俠義小說。他的「鶴—鐵系列」（《鶴驚崑崙》、《寶劍金釵》、《劍氣珠光》、《臥虎藏龍》、《鐵騎銀瓶》）

引起了文壇的轟動。纏綿悱惻的兒女之情和肅殺之氣的刀劍之聲交織在一起，使讀者既哀怨同悲又盪氣迴腸；曲折的故事情節表現在人間的平常事之中，讀來親切可感；大漠、回疆、荒山、古寺，中國武俠小說自此有了「蠻荒」的色彩。

到了四〇年代北派作家白羽、鄭證因以他們的技擊武功為中國的武俠小說再創新意。白羽的《十二金錢鏢》把武功絕技推崇到至高的地位，鄭證因的《鷹爪王》一招一式活靈活現，而又優美好看；既少兒女情長，更無書生儒雅，只是一群江湖英雄身憑絕技尋寶復仇，小說充滿了陽剛慘烈之氣；質樸的語言，平淡的敘述，反而使得情節緊湊結構嚴謹。白羽、鄭證因的小說明顯的帶有北派小說的風格。

朱貞木在三〇年代就開始創作武俠小說，但一直到四〇年代後期《七殺碑》出版，才引起人們更廣泛的注意。這部小說以張獻忠入川為故事背景，寫了以楊展為首的川南七雄的俠行義舉，為中國武俠小說成功地構成了半是歷史半是傳奇的格局；「反暴仁政」的主題使得武俠行為不再局限於一人一事的是非得失，而是具有了更廣闊意義的「民心」「民意」的色彩；眾女追一男，最後擇一白頭偕老的寫情模式基本形成，它成為了武俠小說必不可少的一條副線；武功描寫朱貞木更是想像力非凡，他獨創了對後來的武俠小說影響極大的「朱氏武功」❺。可以這麼說，到朱貞木這裡中國「現代型」武俠小說的形態已基本形成，它可以視作為現代武俠小說向當代武俠小說過渡的轉型期作品，也可以看作為中國「現代型」的武俠小說正期待著突破。

梁羽生將現代武俠小說過渡到了當代武俠小說，他將現代武俠小說的各種特徵發揮得淋漓盡致，使其更具魅力，並時時賦予他的人物新的人文精神。但是，梁羽生太拘於中國傳統的「俠義精神」了，而中國傳統的「俠義精神」又相當的道德化。所以梁羽生的小說時有精彩的人物，卻少精彩的理念；時有令人流連的故事情節，卻少令人頓悟的故事結局。

眞正成爲「當代型」武俠小說的是金庸的作品。金庸的小說之所以取得如此成就，在我看來就在於他爲中國武俠小說增添了兩大新的內容，一是價值取向上的「命運模式」，二是敘述方式的現代技巧。

所謂的「命運模式」是指人物的成長、個性的形成、情節的發展和故事的結局是個人無法支配的，更非任何理念所能安排的，而是一種超主觀的因素所決定的❻。應該指出的是，這裡所說的超主觀因素並沒有什麼神秘色彩，而是指小說主人翁生活其間的客觀的生活環境。這種生活環境力量的巨大，恐怕金庸本人也是無法控制的，小說最後的風貌如何，恐怕不到最後一個句號，金庸本人也預測不到。

「命運模式」使金庸小說具有強烈的當代意識。社會愈文明，社會結構愈複雜，而人們愈難把握自己的命運，最後的結局也許是誰也沒有想到的。金庸的小說幾乎每一種結局，每一個人物的成長，甚至是情節的每一步發展既出乎人們的預料，又覺得相當合理，其奧秘就在於他善於利用環境的衝突寫人和事的不定性，而這些不定的人和事又往往是事態進一步發展的伏筆。正因爲如此，他的小說很容易在當代讀者中引起共鳴，而又爲當代讀者所折服。

既然命運是不定的，那就不是任何文化理念所能束縛住的，不管是儒、釋、道，還是俠義之理，都得服從命運的安排，所以金庸的小說有不少是反傳統文化、反武俠的，但讀者卻能接受，覺得合情合理。最好的例子就是韋小寶，此人不學無術，用任何一種既有的文化理念去衡量他，他都是一個流氓，但是讀者並不討厭他，反而覺其可愛，反而引起了人們對既有文化的合理性作出更深層次的反省。從命運的角度來寫人，反而給讀者更多的人生啓示，這是金庸比梁羽生深刻的地方。古龍的小說也常以人物命運的不定性吸引讀者，但他筆下人物命運的客觀環境的驅動力表現得不夠，而作者的主觀色彩過於濃厚，這就必然造成故事情節單薄，人物舉止玄虛的毛病，這也就是金庸的小說比古龍的小說深厚的原因。

金庸小說中有很多模式，這是無可諱言的（其實又有哪一種小說沒有模式呢？關鍵看如何表現）。金庸是中國武俠小說的集大成者，中國武俠小說慣有的爭霸、奪寶、復仇、情變……模式，金庸都寫了，中國武俠小說特有的超常想像、曲折情節、離奇故事、歷史的傳奇……，金庸的小說都有。但是讀者爲什麼並不感到單調、呆板、淺薄呢？其根本原因是金庸不再單純地用武俠小說特有的套路寫武俠小說慣有的模式，而是把這些套路和模式全部調動起來爲命運服務。換句話說，這些套路和模式都成爲命運變化中的一個部分，單調就變爲複雜，呆板就變爲靈動，淺薄就變爲深厚。就像豆腐中的鹵汁一樣，不管是如何散漫，命運使得武俠小說的各種套路和模式都豐富了起來、凝結了起來。

金庸並不是一開始就寫「命運模式」的，他的前三部小說《書劍恩仇錄》、《碧血劍》、《雪山飛狐》和梁羽生的作品是沒有什麼差別的，是在主流文化之中寫的俠的文學。《射鵰英雄傳》是一部轉折性的小說，俠的文學雖還是作品的主要精神，但是非俠的意識已非常濃厚，人物命運的不定性已明確的表露，在後來的小說中它們成了敘述的主題。

敘述方法的現代技巧是指金庸將影視的表現手法運用到小說之中，這是金庸武俠小說的創造。這個問題楊興安先生在他的《金庸小說十談》中作了精彩的論述，這裡不加贅敘。只是強調影視手法的運用使得金庸小說具有了很強的形象性，人物舉止、心理刻畫、景色描寫都有了豐富的質感，在影視作品大為盛行的今日，這樣的文字很符合當今讀者的胃口。

三、中國通俗小說發展中的新階段

和新文學作家組成嚴密的社團組織發表明確的文學宣言不同，中國現代通俗文學作家似乎比較散漫，然而他們的文學宗旨基本上還是一致的。在他們刊物的發刊詞上，他們既宣揚「一編在手，萬慮皆忘，勞瘁一周，安閒此日，不亦快哉」的遊戲和消閒，也強調「雖曰遊戲文章，荒唐演述，然譎諫微諷、潛移默化於消閒之餘，亦未始無感化之功也」。而且還提醒讀者：「縱豆棚瓜架，小兒女閒話之資，實警世覺民，有心人寄情之作也。」❼文學既為消遣，當有趣味，但都是從警世覺民出發的，這就是中國現代通俗文學的文學觀念。一個世紀以來中國的通俗文學都遵循著這一文學觀念，既包括清末民初的「鴛鴦蝴蝶——禮拜六派」，也包括金庸的小說。然而用什麼消遣趣味的方法表現什麼警世覺民的內容，確是有很大差別的，他們之間的差別也就構成了中國通俗文學發展中的不同階段。

清末民初的通俗文學是道德改良文學，徐枕亞的《玉梨魂》和吳雙熱的《孽冤鏡》爲代表的言情小說，以傳統的婚姻模式爲突破口，引起人們對傳統道德不合理性的思考，對中國文學現代意識的形成起了重要的作用。但是問題的提出者並沒有解決問題的能力，他們提出的解決方法要麼是「苦熬」要麼是「請命」，還是在既有道德中打圈。

到了二、三〇年代，通俗文學作家把社會批判作爲小說的主要內容，人生命運成爲了情節的主要線索，他們告訴讀者那些軍閥、政客們的胡作非爲是社會黑暗、動亂的根本原因。不過作者對他們的批判還是從傳統的道德觀念出發的，批判他們恃強凌弱、欺行霸市、投機取巧、爲富不仁，揭露他們的個人生活骯髒不堪、卑鄙齷齪，小說意在說明這些人連做人的資格都沒有，又怎能管理國家呢？在這些人管理下，老百姓又怎麼能平安的生活呢？

四〇年代中國通俗小說的價值取向發生了重要的變化，傳統的道德已不再是判斷是非的唯一標準（儘管還有不少通俗文學作家還是堅持傳統道德的標準），更多的作家已把人性、人情放在首位，對阻礙人性、人情的一切事物進行批判，這些事物既有使人難以生存的社會環境，也有使人性難以發展的所謂「做人的標準」。於是四〇年代的通俗文學自然就產生了兩大主題，一是對惡劣的生存環境的揭露和諷刺，如徐卓呆、包天笑等人的作品；二是寫人性在傳統道德的壓迫下的扭曲，如張愛玲、潘予且等人的作品。這是中國通俗小說重要的轉折時期，從慣有的「勸俗」面孔轉向了人生價值更深層次的思考，走上了現代化之途。

金庸的小說使得中國通俗文學的價值思考又深入了一步，他不再對傳統道德的合理性提出疑問，也不再歌頌人性、人情的可愛可親，而是對人性、人情本身進行審視，寫出了衆多的人性人情的悲喜劇。《射鵰英雄傳》中的腥風血雨來自於爭霸的欲望，最後誰得到了霸主的地位呢？似乎誰都沒有；《俠客行》中衆多英雄之所以得不到「俠客行」中的絕世武功，就在於他們拘於詩歌中的微言大意，石破天如此輕易地獲得這套秘訣就在於他一字不識，阻礙人性人情發展的阻力不是外在事物，而是人類自己。經過了近百年的追逐，老頑童和瑛姑終於在《神鵰俠侶》中成婚了，百歲老人成婚是悲劇還是喜劇，眞教人說不清；驕縱成性的郭芙在反省自己一生時，竟然發現她眞正所愛的人是被她砍斷了一條胳膊的楊過，造成他們悲劇的不是什麼禮教或道德，而是他們自己的性格。金庸似乎認爲這種人性的弱點不僅普通老百姓有，上流社會同樣如此。《鹿鼎記》中的韋小寶一身流氣，其「術」不僅下流社會吃得開，宮廷廟堂照樣兜得轉，金庸的這部壓卷之作是可以作爲對人性的總批判來看待的。

金庸小說對中國通俗小說的發展有著深刻的影響，它的當代意識使得整個現代通俗小說系列上了一個層次，給通俗小說的發展開啓了巨大的空間。同時它也給通俗小說的創作很大的啓示，它要求通俗小說的創作情節模式可以相對穩定，但文化結構必須要符合當代社會；結構模式也可以相對穩定，但表現手法必須要有當代色彩。

金庸研究正愈來愈熱，出現了不少有價值的論文論著，給人很多啓發，但我認爲這些研究中有兩種傾向是不可取的。一是割斷歷史論金庸，把金庸小說看作是「當代小說的奇峰兀起」。這樣評價金庸，看

起來很高，實際上是很空的。金庸小說絕不是無源之水、無本之木，它是在前人的貢獻之上的進一步發展，是代表了一個時代的作品。其實，能夠推動文學史發展的又有幾人呢？二是用純文學（這個名稱很不科學，姑妄稱之）的批評視角評金庸小說，這樣的批評視角並不符合金庸小說的實際，亦很難準確地反映金庸小說的魅力。為什麼我們就不能承認純文學能做到的地方，通俗文學也能做到，純文學還未做到的地方，通俗文學也能做到呢？這就是我寫這篇論文的出發點。

注釋：

❶既然建立了共和政體，也就應樹立共和思想，這是新文化運動一個重要的出發點。例如當時反孔最激烈的陳獨秀就是這樣立論的，他說：「唯明明以共和國民自居，以輸入西洋文明自勵者，亦於與共和政體、西洋文明絕對相反之別尊卑、明貴賤之孔教，不欲吐棄，此愚之大惑也。」（〈憲法與孔教〉，見《獨秀文存》卷一）。

❷朱自清：〈文學的標準與尺度〉，載《朱自清古典文學論文集》。

❸根據既定的中國現代通俗文學的批評標準，巴金《激流三部曲》中的家庭世俗的描寫、老舍《駱駝祥子》中的市民生活氣氛，以及茅盾《幻滅》中的戀情的纏綿，都是通俗文學最常見的表現素材。

❹想像是武俠小說重要的表現手段，李壽民的小說以此見長。金庸十分強調武俠小說創作中想像力的重要性，並且認爲想像力是天生的，他說：「我自己以爲，文學的想像力是天賦的，故事的組織力也是天賦的……，至於語言文字的運用，則由於多讀書及後天的努力。」（〈撫今追昔話當年——金庸、池田大作對談錄之三〉，載《明報》一九九七年四月號）。

❺朱貞木創造了很多影響後世的武功招式，如「五毒手」、「琵琶手」、「五行掌」等掌上功夫；「蝴蝶鏢」、「七星黑蜂針」等暗器和「脫形換位」等輕功，它們被稱爲「朱氏武功」。

❻這裡所講的「超主觀的因素」，是指事物運動的結果來源於事物的力的四邊形，並不是什麼超自然的玄虛的神秘的力量，文中已經交代，在此再次說明。

❼〈禮拜六出版贅言〉，載《禮拜六》一九一四年第一期；〈小說新報發刊詞〉，載《小說新報》一九一五年第一期。

論金庸小說中俠的現代闡釋

楊春時

俠作為中國文化的獨特現象，主要是文學闡釋的產物。金庸小說不同於俠的古典闡釋，它以現代意識重構了俠的形象和俠的世界。金庸對俠的現代闡釋，使武俠小說獲得了更豐富的表現力和更深刻的思想內涵，金庸小說也登上了武俠小說的頂峰。另一方面，對俠的現代闡釋又摧毀了武俠小說這一古典文體的理性主義基礎，造成了武俠小說的終結。這就是金庸小說的獨特歷史地位和價值。

俠曾經是一種社會現象。在成為文學角色之前，俠是一種社會角色。在中國早期封建社會（戰國與西漢初年），大一統封建政治尚未形成或鞏固，法網疏漏，故在體制邊緣產生了俠這樣的社會角色。司馬遷曾據實記述了俠的形跡，他的〈游俠列傳〉主要是以歷史家的眼光來闡釋俠，雖然他的紀傳體也帶有文學性，但並非文學創作。司馬遷對俠有所讚許，但並未理想化，他說：「今游俠，其行雖不軌於正義，然其言必信，其行必果，已諾必誠，不愛其軀，赴士之困厄。既已存亡死生矣，而不矜其能，羞伐其德，蓋亦有足多者。」司馬遷言俠「不軌於正義」，與以後小說家把俠理想化截然不同。至班固《漢書》中的〈游俠傳〉，對俠的評價大大降低，所記敘俠的形跡也失去光彩。漢文、景、武以後，法網日密，俠失去生存的社會條件，作為一種社會角色逐漸消失了。但是，俠作為一種人格典範，俠義行為作為一種社會理想，卻保留下來，並最終成爲文學闡釋的對象，經過上千年的演變形成了武俠小說這一古典文體。由於社會不公正，法律不能保障人們的權益，於是人們就把伸張正義的理想寄託在俠身上，企望俠能在法外「替天行道」，拯民困厄。同時，失意文人也把對現實壓抑的憤懣心情和人格追求，轉化爲對俠的超逸個性的創造。總之，俠基本上是作爲文學形象而存在的，因此隨著歷史發展，對俠的闡釋也發生變化。

古典武俠小說（以及歌頌俠的詩歌）著眼於俠的兩種人格要素，一是仗義、一是超逸。正義是俠人格的社會理性方面。俠是正義化身，承擔著維護正義的社會責任。他們身在江湖，卻以扶弱濟困、鋤暴安良爲己任。武俠小說隱藏的暴力傾向，也由於俠的行爲的正義性而合法化。另一種人格要素是超逸，它是俠人格的個體感性方面。俠承擔道義，但又不在體制中心，而處於社會邊緣（江湖），他們並不完全認同於體制，不是忠臣良將，而是有自由身分的獨立人格。他們有自己的生活方式和人格理想，這就是不受體制拘束的超逸。俠人格的理性方面傾向於儒家文化，而其感性方面則傾向於道家。俠不追求功名，蔑視世俗價值，而是任情使氣，獨立不羈，脫俗超逸。對俠來說，維護正義不是最高追求，而是實現其超逸人格的一種手段。只有「事了拂衣去，深藏身與名」，才顯出英雄本色。兩種人格要素構成了俠的完整人格，也造成了武俠小說的內在矛盾。武俠小說必須在仗義與超逸兩方面保持某種平衡。如果過分偏於社會責任，俠就變成忠臣良將而喪失獨立人格，從而失魅力。如果過分偏重於個體自由、放棄社會責任，俠就喪失崇高性而缺乏感召力。古典武俠小說演變基本上反映了兩種人格要素關係的變化。

古典武俠小說爲了平衡兩種人格要素，並置了兩個平行的世界，即王法管束下的世俗社會和俠義支配下的江湖世界。俠客屬於江湖世界，又時常介入世俗社會，以江湖義氣來干預王法。這樣，既展現了其正義品格，又保持了超逸人格。俠客形象體現了中國人特別是文人的兩種理想，即建功立業和超脫凡俗兩種人生追求，而後者往往是更爲深層的方面。

在文學實踐中，古典武俠小說又往往打破兩種人生理想和人格要素的平衡，這主要由於兩種人生理想和人格要素間存在著深刻的矛盾，在某種程度上甚至是不相容的。總的說來，古典武俠小說比較偏重於社會理性方面，如《水滸傳》執著於忠義，後來受招安，這是「替天行道」的必然結局。清代是武俠小說鼎盛期，理性化傾向更爲嚴重。《三俠五義》、《施公案》中，俠客變成皇家鷹犬，立功名取代了超逸人格追求，武俠小說甚至蛻變爲公案小說。歷史經驗證明，古典武俠小說循著偏重社會理性一途走到了盡頭。

於是，武俠小說開始尋找新的出路，即轉向偏重個體感性。民國初年開始了這種轉向，情取代義成爲俠客人格的主導方面：江湖成爲俠客主要活動場景，不是替天行道，而是情仇恩怨成爲主題。《江湖奇俠傳》是這種轉變的標誌，它開闢了武俠小說的新天地，帶來了本世紀上半葉武俠小說的鼎盛期。

金庸以及他所代表的新派武俠小說沿著民初武俠小說道路發展，並有所突破，它眞正對俠進行了現代闡釋，完成了古典武俠小說向現代武俠小說的轉化。

金庸繼承了民初武俠小說寫情的傳統，在義與情的矛盾中偏重於情。但金庸不限於寫情，而是著重

刻畫俠的完整人格，即寫人性。金庸把俠當作眞正的人而不是理念化身來闡釋，他說：「我寫武俠小說是想寫人性，就像絕大多數小說一樣。」（《笑傲江湖．後記》）他所謂「像絕大多數小說一樣」，主要是現代小說，他以現代小說的寫法來寫武俠小說，而人性則是突破口。古典人性觀偏重於理性，人被看作是理性生物，而感性方面則看成是附帶的，低級的屬性，非理性則根本不被承認。基於這樣一種人性觀，俠作爲理想人格就成爲理性化的英雄，俠的感性情欲被壓到最低限度，甚至被視爲與英雄本色不相容。古典武俠小說避免寫兒女情長，大丈夫氣概要求蔑視兒女之情。金庸接受了現代人性觀，特別是弗洛伊德的無意識學說，不僅寫俠人格的理性、感性方面，而且深入到非理性的深層人格。於是，俠的形象就完全改觀了。

金庸對俠的現代闡釋，首先是處理義與情的關係，即理性與感性關係。俠不能無義，否則就不成爲英雄，俠也不能無情，否則就不合現代人口味。金庸也寫義，寫民族大義，武林榮譽，父子、師徒、朋友間倫理責任，這些都是俠客必須遵行的社會道義。金庸也塑造了許多大義凜然的英雄，他總是把俠客置於民族危亡的歷史情景中，來凸顯俠客的崇高正義。《書劍恩仇錄》中的陳家洛、《雪山飛狐》中的胡氏父子、《射鵰英雄傳》中的郭靖、《神鵰俠侶》中的楊過等等，仍然是英雄形象。但是，與古典武俠小說不同，金庸落筆的重點已不是寫他們的「義」，而著重於他們的「情」。他們不僅處於民族鬥爭、正邪鬥爭的漩渦中，更置身於情感衝突的中心，尤其是愛情衝突，幾乎成爲人物行動的最主要動因。俠客們幾乎無一不是情種，每個人都與多個女人處於感情糾葛之中。而且，金庸小說愈往後，情的比重就

愈大，義的成分就愈少。他的第一部武俠小說《書劍恩仇錄》寫了愛情，又以爭取乾隆反滿失敗的結局否定了這種犧牲的價值。至《神鵰俠侶》則一反英雄主義主題，寫愛情主題，把愛情放在比社會責任更高的位置上。《倚天屠龍記》則寫了各種各樣的人情、人性，尤其寫了謝遜對張無忌的「父子」之情，感人至深。《天龍八部》則以揭破人性的「貪、嗔、癡」三毒爲主旨，不但寫情，而且寫情孽。總而言之，金庸不僅寫情，更重要的是完成了由義到情的主題轉換，也完成了由義俠到情俠的轉換。在情與義的衝突中，情顯然占了上風。例如：楊過與小龍女的愛情，由於有師徒關係，不合江湖規矩，但楊過敢於堅持情、違抗義，終於取得勝利。

寫情爲主，這一轉換在民初武俠小說裡已經開始，金庸的創造在於，他進一步發掘了人的情感的深層結構，從而展開了對俠的現代闡釋。古典小說也寫情，但這種情是受理性制約的，它並不是非理性的欲望。民國武俠小說寫情也未突破理性規範。金庸則寫了非理性的情。在金庸筆下，情欲是人性中深不可測的東西，它不可理喩，不受理智約束，甚至是反理性的。俠客也是普通人性，他們不再是理性化身，而受非理性情欲支配，個人欲望成爲行動準則。從積極方面說，愛情主宰了俠的人生選擇，如郭靖、楊過等。從消極方面說，人的欲望支配了江湖世界，爭奪權位、財富、寶器、秘笈，以及情仇恩怨等等，取代了行俠仗義。在金庸筆下，情是不可抗拒的非理性力量，它可以教人生死相許，也可以使人陷於迷狂，於是出現了像段氏父子那樣的情種，馬春花、穆念慈那樣的情癡，武三通、李莫愁那樣的情孽，更有衆多因貪欲、仇怨而喪失理智的人。可以說，金庸透過對俠的剖析揭示了人性的最深處。

由於對人的非理性本質的體認，金庸打破了人物性格善惡對立的模式，筆下的俠客由單一性格轉化為複雜性格。古典武俠小說把俠客寫成英雄，很少七情六欲，也沒有缺點錯誤，或者把反面人物寫成邪惡的化身，這都是由於理性化的人性觀造成的。金庸把俠客當作普通人，他們有血有肉，有善也有惡。金庸也寫英雄，但他們也是普通人，而不是「高大全」的聖人，有缺點、有失誤。如陳家洛的書生氣，郭靖的愚鈍，楊過的頑劣，令狐沖的放任，更有「好人犯錯誤」的余同魚。更多的是非正非邪、亦正亦邪的「中間人物」，如黃藥師、江南七怪、桃谷六仙、金蛇郎君夏雪宜、謝遜、包不同等等。韋小寶是這種性格的典型，他集善良與無賴、正義與油滑，英雄與庸俗於一身。反面人物也不是天生惡種，一惡到底，而是揭示其變惡的原因，尋找其殘存的人性。如僞君子岳不群，他的墮落源於對權勢的貪欲，而貪欲又是人皆有之，因此我們能夠予以理解。還有東方不敗對任盈盈的手下留情，「採花賊」田伯光對儀琳的未行非禮，西毒歐陽鋒的高手風範等等，都是惡中有善。總之，金庸筆下的俠客性格不是單一化，而是複雜多變的。金庸更寫了變態人格。古典武俠小說寫惡人，只是出於一種道德視角，因此這種惡就沒有來由。金庸探討了惡的心理根源，這就是情欲膨脹與理性衝突，導致人格失常、心理變態。傳統惡人還屬於正常人格，金庸則寫了非正常人格的惡人，因而這種惡就不僅有道德含義，對人性的揭示也深刻得多。金庸筆下有衆多的變態人格形象，如同性戀者東方不敗，因追求功名利祿而發瘋的慕容復，因仇恨而變態的段延慶，偏執於門派信念而變得冷酷殘忍的滅絕師太，更有因情變態的武三通、李莫愁、梅超風、何紅藥、李秋水等。對這種變態人格，我們能夠給予理解甚至同情，而不僅僅是憎恨。由於惡是一種變態的人性。因此惡人也可以變成好人，如謝遜因復仇而變惡，但後來又由於有了義子親情而恢復了人性。以正常人格與變態人格之分來解釋善惡之別，確是金庸人物塑造的特色，它深化了對人性的揭示。

對俠的現代闡釋，也打破了世俗社會與江湖世界的分隔對立。傳統武俠小說設置了與世俗社會對立的江湖世界，前者有王法無正義，後者無王法有正義，江湖作爲俠客世界是世外桃源，因此「無惡不歸朝廷，無美不歸綠林」。金庸也設置了民族鬥爭的歷史背景（如宋、遼、金、蒙古之間的鬥爭，明與滿清的鬥爭等），把俠客帶進世俗社會。但是，不同於古典武俠小說的是，俠客眞正的活動場景已經轉移到江湖上來。他們雖然介入政治鬥爭，但往往並無成效，而眞正的衝突則是江湖世界的情仇恩怨，世俗社會則被虛置。俠客們不再以到世俗社會行俠仗義爲己任，而是致力於江湖門派之爭，爭奪寶物秘笈、求愛、報恩、復仇。由於俠成爲普通人，江湖世界也落入凡俗，被現實化了。雖然俠客們仍然生活在自己的世界中，如海島、大漠、雪山、古墓，仍然充滿神秘的傳奇色彩，但由於主體的現實化，人際關係的現實化，因此已經失去了世外桃源的純潔、崇高，反而充滿了貪欲、陰謀、殘忍、奴役，當然也有愛情、友誼、親情。可以說，江湖世界成爲世俗社會的翻版，俠客的世界淪落了。

金庸對俠的現代闡釋，顚覆了武俠小說的傳統模式。武俠小說是一種古典文體，它的基本模式是俠的英雄化和江湖世界的理想化，而理性主義則是這個模式的支柱。金庸打破了理性主義，也瓦解了武俠小說的傳統模式，這表現爲兩點：

第一、金庸造成了俠的非英雄化。俠是英雄的代名詞，古典武俠小說以塑造英雄爲主旨，俠成爲具有傳奇色彩的理想化英雄，武俠小說也具有崇高的美學風格。金庸把俠還原成普通人，雖然他們還有非凡武功，但在人格上已經現實化了，因而失去了傳奇色彩和崇高精神。這種傾向在金庸創作後半期更爲明顯。前期作品主人翁如陳家洛、郭靖、楊過還在凡俗中含有英雄氣，喬峯以後，英雄愈來愈少，人性也愈來愈複雜，正如陳墨先生指出的，呈現出正義之俠——大俠——中俠——小俠——無俠——反俠的趨勢（《連城訣》）中，幾乎沒有正面人物（《鹿鼎記》）。把毫無俠氣的小人物韋小寶奉爲主人翁，他不但毫無志向（最大的理想是開一家大妓院），沒有操守，油滑處事，介於善惡之間，而且連武功也不會。這樣的市井之徒成爲「當代英雄」，標誌著俠的淪落。

第二、江湖世界的非理想化。伴隨著俠的非英雄化，江湖世界也淪落了，不再是世外桃源、正義的家園，而成爲情欲的戰場，罪惡的淵藪，它甚至比世俗社會還黑暗、還非人性。金庸清醒地揭示了俠客世界的非正義性，江湖是一個暴力統治的王國。武林門派間的爭鬥無非是權勢崇拜的表現：門派內的等級森嚴、禮法嚴苛，更形同人性牢獄。這裡不是俠的自由王國，而是悲慘世界，是世俗社會的變體。無怪乎許多俠客最後都遠離江湖：令狐沖與任盈盈悄然歸隱，退出江湖：袁承志遠離故國、飄然出海；狄雲感到人生無趣，遠遁藏邊大雪谷：楊過與小龍女回到古墓：張無忌離開權力鬥爭，以給嬌妻畫眉爲樂：石破天也不知所終，甚至韋小寶在左右逢源、春風得意之時，也竟然喊出：「老子不幹了！」本來江湖已經遠離世俗、俠客們又退出江湖，這是因爲江湖淪落了，比世俗社會更糟糕。

金庸小說對俠的現代闡釋，還表現為哲學——審美層面對現實意義的消解，這進一步造成了對武俠小說傳統模式的瓦解。金庸小說與古典武俠小說不同之處，還在於它不是一般的通俗小說，在保持了通俗性的同時，還具有雅文學或純文學的品位。文學雅俗之分的重要區別在於審美價值、哲理意味的多少。古典武俠小說作為一種俗文學形式，除了娛樂性以外，僅停留於傳達某種意識形態，審美價值和哲理意味則有限。金庸小說保留了傳統武俠小說的特色，同時又力求更高的審美價值和更多的哲理意味。這種昇華必須透過對現實意義的消解、超越。只有這樣，才能超出意識形態的有限性，達到一種形而上的高度，即對生存意義的領悟。金庸小說沒有停留於對俠義行為的歌頌，雖然它對忠義、愛情、社會責任這些傳統美德是肯定的，但又不止於此，反而在更高層面上對人生作出了哲理思考，對上述現實價值加以質疑、消解、超越，最後達到對人生的徹悟。這種審美價值和哲理意味正是金庸小說魅力之所在。

金庸小說首先質疑、消解的是忠義觀念。俠以忠義作為人生準則，傳統武俠小說對生存意義的解答就是行俠仗義，這是不容懷疑的。但金庸卻在宣揚忠義等傳統美德的同時，對它又加以質疑、消解。金庸小說告訴人們，忠義等傳統人生價值並非天經地義，也不是人的最高價值。愛國主義、民族意識、江湖義氣，看來至高無上，但從整個人類角度看，又是有限的。喬峯是契丹人，養育他的又是漢人，兩個民族的仇恨，使他成為悲劇人物。康熙皇帝、乾隆皇帝是滿族人，韋小寶、陳家洛等作為漢族人，既要把他們當作仇敵，而個人感情上又有割不斷的聯繫，而且，滿族皇帝就一定要比漢族皇帝壞嗎？這種疑問動搖了韋小寶的民族主義。此外從個人自由角度看，忠義觀念也不具有至上性。陳家洛為了反清復

明，把自己的愛人喀絲麗拱手讓給乾隆皇帝，造成她的含恨而死，這種犧牲難道是值得的嗎？楊過與小龍女的愛情觸犯江湖規矩，但愛情終歸戰勝了禮法。金庸小說的主人翁大都以出走、遁世、歸隱結局，就因爲對傳統人生價值的失望，他們被意識形態糾纏而一旦徹悟，就必然棄之而去。韋小寶喊出「老子不幹了！」這是對民族主義的反省、消解。《鹿鼎記》更深刻意義在於，揭示了在各種社會責任之下，人的不堪重負，而這些社會價值又是虛妄的，因此才有韋小寶這樣的油滑之徒。只有經過對傳統人生價值的質疑、消解，才能達到對人生眞諦的領悟，這是思想的超越，金庸小說引導我們走向了這種路程。

金庸小說對現實價值的超越，還體現於對感性欲求的質疑、消解。金庸在義與情的衝突中偏向情，但並沒有止於對情的肯定。人的感性欲求是合理的，不可壓抑的，但又是有限的價值。金庸寫情，既揭示其正當性（如美好的愛情），同時又昭示情欲膨脹帶來的惡果。情愛也可以使人變態（如何紅藥、武三通、李莫愁），權勢欲也可以使人瘋狂（如岳不群、慕容復），仇恨更可以毀滅人性（如謝遜、滅絕師太、梅超風）。金庸以佛家思想來消解情欲，戒除「貪、嗔、癡」三毒，實際上是一種對現實人生的超越。金庸小說在變義俠爲情俠以後，沒有流於膚淺的言情，沒有淪爲色情暴力，而是對情欲加以形而上的批判，引導人們深思什麼是眞正的人生，這正是金庸小說深義所在。

金庸小說還以佛家和平止殺的思想，化解了武俠小說的尙武精神。武俠小說以武打吸引讀者，它迎合了人性深處的攻擊性——暴力傾向，雖然它已經被道德化了，具有了合法性。金庸正視了人性的暴力傾向，批判了江湖世界弱肉強食的法則，它透過武林爭鬥造成的悲劇，如劉正風一家的慘死，俠客島中武功崇拜的異化現象，對傳統武俠小說的尚武精神加以消解。他筆下的「佛俠」如無名老僧、一燈和尚、虛竹等人的慈悲之心，感人至深，遠遠勝過了好勇鬥狠的傳統武俠。這種和平仁愛的思想，使武俠小說固有的武功崇拜失去了價值。

金庸小說的審美超越和哲理思考，進一步消解了傳統武俠小說的理性主義，而且扭轉了新派武俠小說的感性化傾向，突破了新派武俠小說的情愛加打鬥模式。金庸也轉向寫情，但又消解情欲，指向對人生的眞諦的哲理思考，使武俠小說達到了前所未有的高度，具有高度的審美價值，登上了雅文學的殿堂。

金庸小說對俠的現代闡釋，瓦解了古典武俠小說的樂觀主義和崇高風格，形成了悲劇性和荒誕風格。古典武俠小說在理性主義支撐下，富於樂觀精神，正義總是戰勝邪惡，總是大團圓或勝利結局。它的英雄主義形成了崇高的美學風格。這種樂觀精神和崇高風格成爲古典武俠小說牢不可破的模式。金庸瓦解了理性主義，也瓦解了樂觀主義，使武俠小說具有悲劇性。這種悲劇的成因是多方面的。首先是俠客們無力承擔歷史責任。古典武俠小說誇大俠客的力量，俠客們成爲伸張正義的救世主。金庸清醒地意識到個人反抗的無力，他把俠客置於民族危亡的歷史情境中，更顯出俠客力量之渺小。郭靖夫婦無力回天，不能挽救宋朝，終於雙雙殉國。陳家洛也只能靠血緣親情和出讓愛人來打動乾隆，而終於失敗。韋小寶和天地會靠陰謀手段並不能撼動清朝統治。他們的抗爭都以悲劇告終。這種悲劇是俠客早已失去歷史合理性造成的，正如賽萬提斯筆下的騎士悲劇一樣。儘管俠客仍有道德的合法性，但道德與歷史的二

律背反導致其悲劇命運。

俠客的悲劇命運還由於情欲。金庸把義俠變成情俠，情欲成爲俠客行動的主要驅動力。貪（權勢、財富）、嗔（怨仇）、癡（情愛）三毒使俠客陷於盲目、瘋狂、墮落，於是出現了愛情悲劇、爭鬥悲劇、尋仇悲劇。《天龍八部》集中地體現了這種人性造成的悲劇。慕容氏父子爲了「王霸雄圖」，段延慶爲了奪回王位，造成了無數殘殺；江湖門派掌門之位的爭奪，使丁春秋、全冠清等大施陰謀，手足相殘。這是「貪」毒造成的悲劇。蕭峯報父仇大開殺戒；葉二娘因兒子被偷以每天殺死一名兒童報復；段延慶爲復仇而成爲殺人魔王，游坦之爲復仇而喪失人性。這是「嗔」毒造成的悲劇。段正淳濫情，使衆多情人互相嫉妒、仇殺，最終與妻子刀白鳳、情人王夫人、甘寶寶、秦紅棉、阮星竹等死在一處。天鷲童姥與李秋水作爲情敵而互相陷害十年之久，最終同歸於盡。阿紫、蕭峯、游坦之三角戀愛導致他們同歸於盡。這是「癡」毒造成的悲劇。《笑傲江湖》中劉正風因門派之爭而全家老幼遭滅門屠殺的慘劇，令人心驚膽寒。而《神鵰俠侶》中洪七公、歐陽鋒在華山之巔一笑泯恩仇，相擁而逝，又發人深省。金庸小說的悲劇警示我們：如果不能掙脫欲望枷鎖，就會走向毀滅。

金庸小說的悲劇性還體現爲一種孤獨意識。古典武俠小說中的俠客雖然有個人英雄主義，但他們又服膺集體理性規範——忠義，因此沒有孤獨意識。他們在行俠仗義中找到了社會的歸屬（如朋友間乃至門派團體）和精神的歸宿。金庸筆下的俠個性意識極強，他們一旦悟透現實價值之虛妄，就會離群索居，獨來獨往，甚至遠遁隱居。他們沒有可以知心的朋友，互相不能溝通。這種孤獨之俠，體現了一種更深遠的悲劇性，即俠與現實世界的不相容，失去精神家園的悲劇。

古典武俠小說以英雄主義塑造了崇高風格，金庸小說對俠的現代闡釋又瓦解了崇高風格。《射鵰英雄傳》等早期作品尚有一種崇高感，而後期作品則逐漸消失了崇高感。江湖世界的黑暗，武林的爾虞我詐，情欲代替了忠義，這一切都使古典武俠小說的崇高精神蕩然無存。最典型的是《鹿鼎記》，這是一部喜劇風格而又帶有荒誕性的作品，這裡沒有英雄，主角是市井無賴韋小寶；也沒有忠義，只有宮廷陰謀、會黨爭鬥。「復興大業」由韋小寶之類的人來擔當，不僅富於喜劇色彩，也頗具荒誕意味。至此，崇高風格徹底消失。《鹿鼎記》作爲金庸武俠小說創作的尾聲，頗有令人深思之處。武俠小說的發展，結局竟是反武俠小說（金庸不承認《鹿鼎記》是武俠小說，說它是歷史小說），這不僅是金庸創作的歸宿，恐怕也是整個武俠小說的歸宿。黑格爾曾講，歷史事件往往重複發生。第一次是悲劇，第二次是喜劇。《鹿鼎記》被稱爲中國的《唐・吉訶德》，因爲它以喜劇形式終結了武俠小說。把《鹿鼎記》與《唐・吉訶德》相比較，這是一個很大的題目，這裡不能展開。但有一點是明顯的，就是二者都產生於俠客或騎士已喪失歷史合理性的時代，都以喜劇形式嘲弄了俠客或騎士夢想，從而也敲響了武俠小說或騎士小說的喪鐘。

總之，金庸小說對俠的現代闡釋，導致俠的非英雄化，江湖世界的非理想化，同時瓦解了武俠小說固有的崇高風格和樂觀精神，甚至也消解了武俠小說的武功崇拜。這種闡釋把武俠小說推向了新的歷史高度，同時其內在邏輯又導致武俠小說的解體。金庸以其衆多作品完成了這一歷史過程。也許金庸以後

還會有新的武俠小說出現，但可以斷言，不會有超出金庸的武俠小說，因爲金庸已經成功地完成了武俠小說的現代化實驗，其結果是武俠小說的解體。這意味著這種歷史過程是不可重複的。在這個意義上，金庸小說發展了武俠小說，也終結了武俠小說。

論金庸小說與二十世紀中國文學

陳墨

中國文學史家遲早會碰上這個難題，即金庸小說與二十世紀中國文學的關係，及文學史家該對金庸小說作何評說？

之所以這樣說，其原因不僅是因爲金庸的武俠小說暢銷於世且經久不衰，以至於造成了「凡有華人居住處，就有金庸在流行」的奇異文學及文化景觀。而且還因爲：「金庸小說的出現，標誌著運用中國新文學和西方近代文學的經驗，來改造通俗文學的努力，獲得了巨大的成功。如果說『五四』文學革命使小說由受人輕視的『閒書』而登上神聖的文學殿堂，那麼，金庸的藝術實踐又使近代武俠小說進入文學的宮殿。這是另一場文學革命。是一場靜悄悄地進行著的革命，金庸小說作爲二十世紀中華文化的一個奇蹟，自當成爲文學史上光彩的篇章」哻。更有人言：「我可以說，金庸是當代第一流的大小說家。他的出現，是中國小說史上的奇峰突起；他的作品，將永遠是我們民族的一份精神財富」❷。

實際上，已經有人將金庸小說「請」入了二十世紀中國文學史的殿堂，並許以崇高地位，列入「小說大師」之林。——《二十世紀中國文學大師文庫·小說卷》❸入選了九位小說大師，金庸排名第四，即在魯迅、沈從文、巴金之後，而在老舍、郁達夫、王蒙、張愛玲、賈平凹之前。金庸入選的理由是：

「一位通俗武俠小說家怎麼可能有資格『混跡』於如此嚴肅而高雅的文學大師行列中？然而，人們將會看到，他的現代新武俠小說的出現，本身就標誌著中國武俠小說在文化境界上的嶄新拓展，並在總體上上升到一個前所未有的新高度，也推動了現代小說類型的豐富和發展，他在這方面的貢獻獨一無二，第四席位無可懷疑」。進而，「二十世紀中國小說史不能沒有金庸。沒有金庸的這種小說史是存在的，但必定是殘缺不全的。通俗武俠一向不登大雅之堂。但把它寫得如此充滿『文化』意味，既俗且雅，使俗人在激盪中提升，又令雅者不僅不覺掉價而且也被深深薰染，並津津樂道，金庸不能不說是前無古人的第一家，既是中國現代武俠小說中開闢新紀元的第一家，也是迄今在這一領域尚無人超過的第一家。」❹這一部《二十世紀文學大師文庫》，尤其是它的「小說卷」在未出版之前，便因其「茅盾落選金庸登堂」而被新聞界炒得沸沸揚揚；出版之後，更引起了學術界，尤其是中國現代文學研究界的普遍關注和爭議。這種爭議至今仍未停歇。

不難預料，類似的爭議在今後相當長的一段時間內也不大可能平息。因爲這不僅涉及如何評價金庸的武俠小說並研究其意義、價值，及其在二十世紀中國文學史上的地位；也涉及對二十世紀中國文學的理解、評析，及其對這一段文學史的學術框架的建構。因而，「金庸小說與二十世紀中國文學」這一難題，遠比我們想像的要難得多，而且其意義也要重大得多。對這一難題的研究，不僅將會使「金學」研究獲得突破性進展，同時也會使二十世紀中國文學史的研究獲得一定的進展與突破。

顯然，這樣一個大難題，絕非一篇論文、乃至一部專著所能徹底解釋清楚的。筆者的意願即本文的目的，只是想從這一特殊的角度，發表自己對金庸小說及二十世紀中國文學史的一些研究與思考，以期拋磚引玉。

一

二十世紀文學史是中國文學史中最複雜、最難書寫，因而注定要不斷被改寫的一章。這是因為二十世紀中國文學史如同二十世紀中國歷史一樣，出現了空前的大變局。從總體上說，二十世紀中國文學從一開始就掙扎在傳統與現代化、東方中國文化與西方近代文化的衝突之中。固有的文學傳統業已僵死而腐化，從而不得不揚棄、決裂或改造（當然也要繼承，由此從客觀方面和主觀方面都是矛盾重重）。而另一方面，西方近代文化思潮又不斷驚濤拍岸，不斷隱現「彼岸」的影像。二十世紀中國文學要從古典中國文學與西方近代文學的夾縫之中，尋求自身的發展道路，尋求獨立的審美品格，從而面臨著一場前所未有的大挑戰。這一「創世紀」的歷程的艱難曲折，自是不言而喻。

二十世紀中國文學的難以書寫，有客觀方面的原因，也有主觀方面的原因。具體如下：

首先，在二十世紀之初，作為新文化「創世紀」的先聲，梁啓超提出了「欲新一國之民，不可不先新一國之小說……。欲改良群治，必自小說界革命始；欲新民，必自新小說始」❺。這一思想口號無疑將小說提到了前所未有的崇高地位，封它為新文化的先鋒。這在中國文學史上是空前的。小說這種在以前的中國歷史及中國文學史中不被看重的小道、末技，堂而皇之地被請進了新的文化廟堂。然而，這樣一來，卻又未免加重了小說的重負，甚而在一定的程度上扭曲了它的自由天性，乃至閹割了它的審美本質。究其實，這種「欲新民必欲新一國之小說」的新思想，與傳統的「興觀群怨」的文化觀念又是血脈相連。因而，新小說及新文化，從一開始就有些自相矛盾。而這一自相矛盾的文學、文化觀念，卻在二十世紀中國文學史中發揮了重要的作用，乃至成了主流文化的一根重要支柱。此後的啓蒙與救亡、批判與歌頌、文治與教化的歷史發展及其矛盾衝突中，都可以看到它的影響。

其次，二十世紀的中國歷史，面臨著政治、經濟、社會、文化及文明的多方面、全方位的變革與發展。這種創世紀式的歷史變革從多方面影響和制約著本世紀文學的發展軌跡及其發展方向。「五四」新文化運動雖然取得了不可忽視的巨大成就，但不久，啓蒙運動就被救亡運動所取代；而「爲人生的藝術」與「爲藝術而藝術」的流派之爭，亦很快統一在「左聯」的旗幟之下，在抗敵愛國的戰壕中並肩作戰。其後，政治要求及意識形態控制成了二十世紀文學發展的重要制約因素，在影響文學創作與發展的諸種因素中，政治因素時常處於一種關鍵性的、乃至決定性的地位。

再次，即使在和平與自由的時代，中國作家的文學創作又存在審美規範的創造和選擇方面的種種尷尬與困窘。二十世紀中國文學與文化時常走向某種極端：要麼是極端的偏執，以至於拒絕一切人類文學及文化的優秀成果，如「文化大革命」對「封、資、修」的批判與拒絕；要麼是極端的「大度能容」，從而造成了極端的混雜與無序。西方文學史中歷時數百年的文學規範與浪潮，共同地拍打著中國二十世紀

文學的河岸，從古典主義、現實主義、浪漫主義到現代派，乃至後現代主義，都成了中國作家學習與借鑒的對象。而中國古典文學傳統的千年流變，亦牽動著一部分作家的靈感心腸。在這樣一種大衝突、大匯合之中，中國二十世紀文學固然獲得了前所未有的滋養，卻又使其尋求及創建自身的審美規範的過程變得格外的曲折漫長。看來，這一過程還將延續到下個世紀。

其四，認識到中國歷史及其現實的落後，乃至不時有「挨打」之危險，再加上背景的動盪與不安，二十世紀中國作家的心態始終難以平衡，毋寧說始終充滿了浮躁與憂思。而這憂思與浮躁，不僅是二十世紀文學發展的背景，甚至也不僅是一種作家心態，同時又還是二十世紀中國文學的重要主題。從世紀初的《獅子吼》、《狂人日記》到世紀末的《活動變人形》、《浮躁》與《廢都》，即可見一斑。更重要的是在這種背景和心態下，在憂思和浮躁的糾結之中，使中國二十世紀文學史中出現了不少「泡沫經濟」式的「泡沫文學」。我們時常看到中國文學浪花飛舞，高潮迭起，而一旦時過境遷，卻往往除了一堆大大小小的泡沫之外，餘者無多。而這本身，大約也成了二十世紀中國文學的一道獨特的奇幻之景。

其五，二十世紀中國文學由於其具體的歷史原因，形成了其內部不同的時空格局。而在不同的時空格局之中，自然就有不同的文學風景狀貌。先說時間分段，我們所使用的「二十世紀中國文學」這一概念，與以前的文學史分期不一致，即跨越了原有的近代文學（二十世紀部分），現代文學和當代文學三個階段。這樣做當然是必要的，因為二十世紀及其中國新文學的總體發展方向和目標是一致的，即建立中國新文學及其新規範、新傳統。而且，也只有在更長的時段中，才能準確地把握這種新文學的發展方向

及其脈絡。然而，我們又不能忽視，原有的文學史的分段，又並非無中生有或純粹出於政治偏見。世紀初中國文學與「五四」之後的中國文學，五〇年代之前的中國文學與其後的中國文學，乃至新時期之後的中國文學與其前幾十年的中國文學，其間有著明顯的價值範式及審美範式上的差異。這些差異的存在，無疑會給二十世紀文學史的研究與書寫帶來極大困難。再說空間格局，大陸、台灣、香港三地的長時間分隔，自會形成各自不同的分支、流派，形成各自不同的規範和格局。這又成了二十世紀中國文學的研究與書寫的另一難題。

以上是二十世紀中國文學發展客觀方面的一些基本情況，難點顯然不少。由此種種，造成了二十世紀中國文學的矛盾糾結而又千差萬異的總體狀貌。而百年歷史之長，中國人口之多，以及中國作家才智之富，再加上種種微妙的處境變化，使得二十世紀中國文學雖然經受了種種環境因素及心理因素的牽制或衝擊，遭受過種種挫折與迫害，但仍有其優秀的成果及其豐富的經驗，值得總結。而其反面的教訓亦可變成未來文學發展的路標或養料。現在的關鍵是：如何去認識和總結二十世紀中國文學史？

這就要涉及文學史家乃至文學批評家和理論家的主觀方面的因素了。歷史是一種客觀存在，而歷史的書寫卻需要史家主觀的選擇和評判。因而一部二十世紀中國文學史，大陸有大陸的寫法，台灣有台灣的寫法，海外學者又有海外學者的寫法，進而，在大陸，不同的時期又有不同的寫法。

其實，早在金庸小說進入文學史家的視野並成爲一道難題之前，人們對現有的有關二十世紀的文學史著早已產生了種種不滿。明顯的，一些被推上高台的作家其實未必有傑作傳世；而另一些傑作及其優秀作家則又成了文學史著的「遺珠」；進而對入史的作家作品的評價及其評價標準也未必分寸得當。人們或可以理解修治這些文學史著時特殊的政治文化背景，但一旦時過境遷，便再難認同它過於褊狹的功利主義的文學標準及史學框架。因而，在八〇年代中期，就有人提出了「重寫文學史」，尤其是「重寫二十世紀文學史」的主張，並且獲得了有識之士的共鳴。——「二十世紀中國歷經了從政治結構、經濟組織到文化價值體系的全方位革命性震盪，文學常常成爲各種力量糾結爭奪的對象。於是，關於文學的評判也來自於各種不同的勢力與向度：政治的、戰爭的、民族的、哲學的乃至於病理學研究，而最易爲人忽略的是從審美標準看文學。誤解與偏見掩蓋了文學的本來面目。與此同時，作爲二十世紀中國文學重要特徵之一，政治對文學的干預也導致了非文學因素對文學評判系統的歪曲或顛覆。如在相當長的時期內，二十世紀文學史只剩下魯迅一人，樣板戲八部，甚至以「魯」畫線，凡魯迅反對過的全部批判，口號和標語充斥於文學史冗長的篇什。而一大批專心致力於文學事業的傑出作家與詩人，如沈從文、張愛玲、錢鍾書、穆旦、馮至等長期塵封於文學史之外。」[6]——由此不滿而產生了「重寫二十世紀中國文學史」的巨大動力。於是，近年來，「重寫文學史」的呼聲逐漸變成了一種重寫文學史的實際行動，且這一行動業已開始結出果實。

重寫文學史的方法與形式各有不同，但以下幾點卻是共同的：一是將二十世紀中國文學當成一個整體；二是恢復或建立審美文學的本來特性，並以此稱量文學史中的作家作品；三是尋找或創建二十世紀文學的新的史學規範或框架，並對二十世紀文學史進行重新審視、選擇和建構。

然而，目標是一回事，而具體的結果又是一回事。固然不能否認重寫文學史的成就與意義，但要想得到一部滿意的文學史著，談何容易？除了前述的文學史客觀方面的種種難點之外，文學史家的主觀方面亦尚有種種難點需要克服。

首先，當然是要克服或打破政治偏見，排除非文學的因素。如前所說，這種政治偏見，不僅大陸學者有，台灣學者也有，而海外學者又何嘗沒有？政治因素的滲入與糾結恐怕是重寫文學史最明顯的障礙之一。重寫之前固然厲害，而重寫之後亦非沒有。只不過是程度不同，表現形式有所差異而已。重寫的文學史中，固然「平反」了不少作家、作品，可以說是將被歷史所顚倒的再顚倒過來。而這種「平反式」的寫作本身，卻又包含了新的政治因素在內。要眞正擺脫或者超越政治因素的干擾或制約，一向是中國學者的一個主觀方面的難題。因而在重寫文學史之時，免不了要小心翼翼、彎彎繞繞，甚至採取「惹不起，躲得起」的逃避之法。如此又何能眞正地建立眞理的權威、學術的公允及史學的眞知卓識？

其次，是文化的偏見。這又與上面的政治偏見有一定的關聯。文化的偏見又有不同的表現形式。具體如，一、輕傳統而重新潮，乃至於將文學求新、求變的合理追求演變爲一種以新代好、以變代優的畸形局面。究其實質，乃是二十世紀中國知識分子心態失衡的具體表現及其後遺症。所謂的新和變，常常是西方異域文學潮流的模仿與追蹤。二、重主流而輕邊緣。寫史重主流，或許是天經地義。然而二十世紀中國文學史卻情況特殊，所謂的主流常常與——政治上的——「正統」難解難分。即主流文學與非文學因素常常相互糾結。而不少的名家與佳作往往並非在主流之內而在邊緣之中。三、重高雅而輕通俗。

這一現象尤爲嚴重，差不多可以說形成了一種較爲普遍的「所知障」。看起來這種偏見似乎合情合理，實質上這裡不僅有上述重主流而輕邊緣的成分，而且還有重廟堂而輕民間的傳統積習在內。二十世紀中國文學，尤其是下半葉中國大陸的一些所謂高雅文學，其實既不「高」又不「雅」；相反的，世紀初及後來的港台通俗文學中，則頗有一些不俗的作家作品，如張恨水、金庸等等。優秀的史家，不僅要掌握合適的標尺與框架，更要具體對象具體對待，具體問題具體分析。若是粗枝大葉或人云亦云，那就不免陷於種種文化偏見之中而難以自拔。如此，又怎能寫出讓人滿意的文學史著？

其三、克服偏見固然不易，而樹立「正見」自然更難。克服偏見與樹立正見則顯然相輔相存；若非克服偏見豈能樹立正見？反過來更是這樣，若無正見，非但談不上克服偏見，甚至連認識偏見也談不上、辦不到。而二十世紀中國文學的「正見」，說是從審美的角度去評價作家作品進而建構文學史，這固然不錯。但如何去建構？以什麼樣的審美標準——不同時代、不同民族、不同流派、不同規範的文學有不同的審美標準——去評價和建構？這才是眞正的難中之難。二十世紀中國文學史的研究者不僅要面對歷史，更要總結歷史；在傳統中國文學與二十世紀世界文學的獨特動力場中，什麼是中國二十世紀文學所有或所應有的獨立的審美品格？怎樣才是一種合適的或合理的文學格局？這可以說是二十世紀中國文學的「世紀之難題」。而這一難題至今仍無答案。或者說，這正需要文學理論家及文學史家去解答。

而要找到問題的答案，破除偏見，找到正見，一方面固然離不開理論的指導，而另一方面，更重要的，是要到文學史中去找。

金庸小說的創作與流行，或可以從某一或某幾個方面，對重寫二十世紀中國文學史提供重要的啓示。

對於金庸，正如對於文學史中大量的優秀作家作品一樣，缺少的只是「發現」。——嚴格地說，是「被發現」。

二

要將金庸小說與二十世紀中國文學聯繫起來，首先需要我們打破重高雅而輕通俗的文化偏見。金庸小說的敘事藝術成就及其驚人的讀者群，業已形成了二十世紀中國文學史中一種不可忽視的獨特風景。這種存在本身應足以促使文學史家，尤其是立足於「重寫文學史」的人們，予以相應的重視以及認眞的研究分析。這當然需要在一定的程度上改變我們的文學史觀，排位之法，廟堂之喻，其實帶有濃厚的古典等級制的不良習俗。若按「正統」或「正宗」的文學史觀，金庸的武俠小說自然很難入高雅文學的廟堂而占有重要的席位。

然而中國文學史已有足夠的先例，表明眞正的文學精品未必產自高雅的廟堂，而往往來自風塵俗世。一部中國古典文學史，不斷地復現這樣的故事：許許多多生機勃勃的文學形式及其藝術主題，往往總是由民間起始而以入廟堂而告終。先秦國風、漢魏樂府，原非廟堂的雅奏，而是民間的小唱。後來的唐詩、宋詞、元曲，唐宋傳奇、明清小說，這些代表不同時代的崇高藝術典範的形式，往往都是生於民間而獲勃勃生機；而一旦得列廟堂，成爲高雅之士的專利，那就委靡不振乃至枯萎腐朽了。唐詩至宋而變味；宋詞至元而改調；元雜劇到明而面目全非，無不顯示這種中國文學史的獨特規律。而小說自古被視爲小道末技，君子不爲，反倒使之保存了風塵俗世的旺盛血脈和生機。而今被奉爲古典小說精品寶貝者，哪一部不是出於民間，出於文學史主流之外？古典小說四大名著：《三國演義》、《水滸傳》、《西遊記》和《紅樓夢》等等，無一例外，而蒲松齡正由於屢考不中，入不了廟堂，這才決意完成不朽的短篇小說集《聊齋志異》。而其價值也正在其談狐說鬼之中表達出作者深切的人生感受，及對世道不公的滿腔孤憤。

以上種種，看起來是如此讓人不可思議。其實原因很簡單。古典文學的正宗、主流是「文以載道」，而此種文學的審美特性常常被異化或閹割了。從而缺乏應有的生命力。而民間風塵之中，邊緣化外之地，則因沒有或較少那種載道的重負，而能發出審美與娛樂的新聲，從而如路柳牆花或如野草閒枝，但凡春風吹拂就能開遍原野。

這些本應給二十世紀文學史家提供啓示，然而，不少的學者都往往採取「老事老辦法，新事新辦法」，即將《水滸傳》列爲正宗（當然是按二十世紀新的文學觀念）的文學經典，而對金庸等二十世紀武俠小說作家作品不屑一顧。由是產生這樣一個怪圈：由於偏見所以對金庸不屑一顧；由於不屑一顧自然就無知；由於無知自然就不改偏見。無論如何，總是將金庸及其武俠小說拒斥於視野之外。

這對金庸及其小說是不公平的，面對二十世紀中國小說史的建構而言亦是一種嚴重損失。

也許，在一些人看來，金庸小說之「不入流」——準確地說是「不入法眼」——可以說是「理所當然」的。一、金庸是香港作家，而香港及香港文學一向被看成是遠離中心，可有可無或似有似無的邊緣地帶，其不入中國文學之「流」或不入中國文學史家的「法眼」，豈不是順理成章？二、金庸還是武俠小說作家，這就更進一步「等而下之」，是「邊緣的邊緣」了。只怕連香港的高雅文學界（如果有的話），也看不上金庸的武俠小說，更何況滿腦子正經八脈的大陸文學史家或文學理論批評家？

然而，未來的文學史家當眞重寫二十世紀中國文學史時，勢必會從香港文學及香港文化發展中獲得有益的啓示，而不會愚蠢而傲慢地視之如無物。香港這一殖民地社會，在二十世紀下半葉發展成中國最發達的現代化都市，而恰恰是這一殖民地社會及最發達城市中，對中國傳統文化的繼承和延續最爲自覺自願且成績卓著。——對此，筆者在〈金庸的產生及其意義〉一文❼中有較詳細的分析，這裡就不再展開了。——而以金庸爲代表的「新派武俠小說」即是香港文學及香港文化的獨特價値的一種具體表現。

武俠小說是中國文學的一種傳統的類型，而這一類型的眞正完備及書寫和發展的高潮，卻恰恰是在二十世紀，在中國人力圖向傳統的文學類型及其傳統告別之時。而且，二十世紀中國文學史中的兩次武俠文藝的高潮，卻又恰恰產自當時中國最發達的現代化都市：二〇至四〇年代的上海和五〇至七〇年代的香港！——這是否給我們一些啓示？——這兩次武俠文藝（包括小說、戲劇、電影及後來的電視）的高潮，產生於中國二十世紀歷史中的和平年代及自由之地，這兩個文藝時空可以看成是中國文藝發展難得的正常環境（沒有戰爭，少有政治干預），亦即來自讀者、觀衆正常的、自發的和自由的選擇。如果我們的文學史也將讀者（接受者）考慮在內，那麼我們就不能不說這種自發與自由的選擇，亦正是文學史發展與選擇的一種自然現象。這也是文學史的一種選擇。

只不過，這種民衆的選擇和文學史的奇觀非但沒有得到應有的尊重和關注，反而受到了強烈的干擾和排斥。當年上海武俠文藝的發展，就受到過政府的干預和批評家的排斥。武俠文藝被視爲「封建的小市民文藝」❽——這一「定性」使得一九四九年之後武俠文藝在中國大陸被禁絕達三十餘年；這也正是第二次武俠文藝的高潮產生於香港的原因之一；同時，又是武俠文藝至今不被關注和重視的重要原因之一。這一判語顯然代表了一種主流的或正宗的思想觀念。其中不無政治偏見（關於「封建的」）及文化偏見（關於「小市民」）。之所以說是偏見，是因爲它對「傳統文化」（民族性）與「文化傳統」（封建性）完全不加區分，而一棍子打死；對「小市民」的蔑視，一半來自知識分子的清高，一半來自農民對城市居民的敵視。當年上海的「小市民」與後來香港的「小市民」其實恰恰是新的——工業文明時代的國民。小市民（特指這兩個發達城市而言）與老農民實不可同日而語，即兩種不同文明的產物。

就文學史而言，我們應該看到，武俠小說在二十世紀中國的存在和發展並形成兩次高潮，實有重要的意義。

其一，是對民族文化傳統的尊重和繼承。正因爲武俠小說是一種傳統的文學敘事類型，才有可能在二十世紀的中國產生如此廣泛的影響和共鳴。金庸、梁羽生等人的小說不僅暢銷於中國香港、台灣和大陸，而且暢銷於東亞西歐南洋北美的華人世界，其原因之一就是傳統文化血脈相通。傳統的敘事類型和傳統的審美規範、傳統的文化內容等等，正是全世界華人的心理共鳴點。二十世紀中國的本土文學主流，顯然有反傳統的趨向——在歷史的某些段落中又走向極端反傳統——從而傳統文化的香火只能深埋在武俠小說等通俗敘事類型中，得以保存和傳續。而武俠小說的高潮迭起、香火不斷，又正是傳統文化暗流不息的具體表現。這對於反傳統的時代主流無疑是一種補充，同時也是一種啓示，即傳統不可全然棄絕，且傳統亦不是想拋棄就拋棄得了的。倘若沒有這種「對立」與「反動」，二十世紀中國文學史就不會是現在這個樣子。事實上，這種對立於時代潮流的選擇，正是讀者大衆所做出的自由抉擇。而這種自由與必然的抉擇，顯然是對總是想藉思想觀念的革命來改變歷史進程及文化規律者的一種深刻反諷。

其二，若說二十世紀中國武俠小說僅僅是或完全是一種傳統的文學類型，那麼未免只知其一而不知其二了。實際上，二十世紀的武俠小說，尤其是以金庸、梁羽生爲代表的海外「新派武俠小說」，是與二十世紀的中國新文學密不可分的。「新派武俠小說」之「新」，既表現在其思想主題及其價值觀念的現代化改造上，亦表現在敘事語言及藝術手段的革新上。也就是說，新派武俠小說之所以大受歡迎並因之而暢銷於世，不僅由於它的傳統類型及其古典風韻；同時也由於它的現代人的思想觀念及其審美經驗和切合現代人審美情趣的敘述方式和語言風格。它是金庸、梁羽生等作家運用中國新文學及西方文學的豐富經驗和超卓才力，對武俠小說這一傳統的通俗敘事類型進行成功改造的產物。

而這一成功改造，其意義不僅在於將傳統的武俠小說類型提高了水準和境界，也不僅在於其推動了現代中國小說類型的發展和完善，即不僅在於其對武俠小說本身的貢獻，而且在於它對二十世紀中國文學的變革和發展，有著重要的啓發性和示範作用。當然，這種啓發作用需要文學批評家及文學史家去研究和發掘。——二十世紀中國文學的發展目標或方向，不是要在對古典傳統的繼承與揚棄及對西方近現代文學的借鑑和對照中，尋找新的自立的審美規範和審美品格嗎？不是在傳統與現代的衝突及中國文化與西方文化的雙重矛盾衝突中，焦灼地書寫變革的篇章嗎？其開拓之法，不外乎取之於古典而改造之，或求乎於西方而變革之。亦即，不外乎移植（西方）苗木和（古典）嫁接新枝，然後培育新苗，創造新果。而金庸、梁羽生的新派武俠小說，正是古典之樹嫁接新枝的一種成功嘗試，正合乎「古爲今用，洋爲中用」之正道。相較之下，只怕嫁接之法比之移植之術（恐其水土不服），更爲重要也更易成功。此中緣由及其經驗，值得文學史家及文學理論批評家認眞研究和總結。

以上談到了古典文學史中的通俗文學精品如何成了民族文化的瑰寶，也談到了二十世紀的優秀武俠作家對武俠小說這一傳統文學類型，進行了成功的現代性改造。但我不想矯枉過正。以上兩節只是想說明，一不可輕視俗文學；二不可對武俠小說輕易地、乃至想當然地一口否定。這不等於說，所有的通俗文學作品都是文學的瑰寶，更不等於說香港文學及其武俠小說才是二十世紀文學的「主流」。

實際上，《三國演義》之於傳統的歷史演義小說，《水滸傳》之於傳統的俠義小說，《西遊記》之於神怪小說，《紅樓夢》之於古典言情小說，都是出乎其類，拔乎其萃，才被後人公認爲藝術的傑作。這並不等於說所有的演史、俠義、神怪、言情等類型的作品都是了不得的佳作。同樣，二十世紀武俠小說，雖然作家多如牛毛，作品堆積如山，眞正的名家大著卻也寥寥。

武俠小說作爲一種流行的通俗文學類型，有著明顯的缺陷與局限——不少高人雅士不看或看不上武俠小說，也並非全無理由。武俠小說的局限與不足，具體表現在以下幾個方面。

首先是它敘事上的模式化。這是大多數類型小說的天生局限，武俠小說自然也不例外。大部分作家作品雖非千篇一律，千部一腔，實際上卻也相差無幾，寫來寫去，無非復仇、奪寶、伏魔、情變，好一點的，再加上救國與探案，幾種模式寫來寫去難免相互重複。至於自我重複，那就更是難以避免。

其次是形象上的概念化。武俠之俠，無非是俠士——英雄——高人——好人，可以說是千人一面，變化無多。等而下之者，則只有故事情節，沒啥人物形象，只是一些善惡分明、武功高低分明的幾種臉譜、符號罷了。

三是粗製濫造，情節上漏洞百出。武俠小說講究傳奇情節，需要作家想像與虛構，不少作者就胡思亂想，以至於怪誕荒唐而又驢頭不對馬嘴的情節層出不窮。再加上不少武俠小說都是邊寫邊在報刊上連載，一些作家同時寫幾部書，免不了丟東丟西，寫後忘前，乃至彼此串味與錯亂，這些現象，在現代武俠小說中極爲常見。

最後，由於武俠小說有暴利可圖，因而吸引了大量的牟利者，他們以寫作爲業，目的則是寫稿掙錢。因而有不少才智或人品根本不足以寫小說的人也都找上一塊地盤一試身手，甚而大發其財。這就出現了武俠小說中等而下之的一些最惡劣的情況，如純粹以暴力殺戮或以色情肉欲招徠讀者，或大講巫術迷信，神怪鬼魔，以至於小說中烏煙瘴氣。此種小說，不能不斥之爲下流。

上述種種，尤其是前三點，可以說是武俠小說的通病，只有極少數的作家，如金庸、梁羽生、古龍等寥寥幾人犯「病」較少。因爲他們胸懷大志，要將武俠小說當成一項事業來做；也因爲他們才學超人，因而能避免那些低級錯誤。因而，金、梁、古等數人便成了武俠小說界的名家。

而在金、梁、古等武俠小說名家中，只有金庸一人是眞正出乎其類拔乎其萃者。梁羽生和古龍雖然才高八斗，風格突出，自成一家，可以說是將武俠小說寫到了最高的水準，然而他們畢竟沒能突破武俠小說本身的束縛和局限。他們做到了不重複前人，在武俠小說史中開拓新局；但他們卻沒有做到不重複自己，從而未能更上層樓。

只有金庸的小說，不僅通古，而且通今；不僅通俗，而且通雅；不僅不重複別人，而且不重複自己，從而創造出武俠小說世界的藝術高峰。而且這一藝術高峰明顯地突破了武俠小說的類型局限，可以在更廣闊的天地中、在更高的水準上，與二十世紀中國小說家較一短長。有人說：「弟嘗以爲其精英之出，可與元雜劇之異軍突起相比。既表天才，亦關世運。所不同者今世猶只見此一人而已。」❾這話說得不錯。只有金庸一人，對武俠小說改造得最爲徹底，也最爲成功。因爲他不僅對武俠小說進行了現代化的改造，同時還進行了個性化的改造。因而金庸小說是不可重複，也是無法重複的。

三

傳統的武俠小說在二十世紀繼續流行，而且高潮迭起，不僅出於大衆對傳統的依戀，及對類型小說的喜愛，同時也出於二十世紀中國讀者對英雄及英雄主義的渴望。「二十世紀是中國歷史上的一個特殊時期：在沉重的民族文化危機情境中，各種「卡里斯馬」（Charisma——引者）人物橫空出世，風雲際會，盡顯英雄本色。這種英雄姿態也在這時期小說中獲得有力的象徵形式，這就是現代卡里斯馬典型。二十世紀中國小說的一個貫穿始終的顯著特色，便是創造這種典型。」❿在本世紀初，梁啓超先生就發出了這樣的祈禱和呼籲：「不有非常人起，橫大刀闊斧，以闢榛莽而開新天地，吾恐其終古如長夜也。英雄乎！英雄乎！吾夙昔夢之，吾頂禮祝之。」⓫其後不久，就出現了黃克強（梁啓超《新中國未來記》的主人翁）、老殘（劉鶚《老殘遊記》）、狄必攘（陳天華《獅子吼》）等一系列「創世紀」的中國英雄，而「五四」新文化運動，則亦自狂人（魯迅《狂人日記》）這一奇特的叛逆英雄開闢新篇。

如此，武俠小說的興起，並出現霍元甲、杜心武（平江不肖生《近代俠義英雄傳》）這樣的愛國主義的民族英雄，當不難理解。而武俠小說之大受歡迎，也就順理成章了。

梁羽生、金庸等人爲代表的海外新派武俠小說，更是自覺地將民族主義、愛國主義、英雄主義爲其小說的基本思想主題及其價值標尺。而熟悉二十世紀中國文學的人都知道，民族主義、愛國主義和英雄主義，正是二十世紀中國文學主流價值體系的最重要組成部分。可以說是中國民族文學的「世紀主題」及其「世紀文學主流」。這也即是說，海外武俠小說與本土的主流文學雖非同流，卻有同源的精神契合。不少人因此而看重金庸、梁羽生的小說。

因民族主義、愛國主義、英雄主義而看重金庸的小說，這固然很對，但若以為金庸小說「僅此而已」，那就未免將金庸看輕了。

二十世紀中國文學史，如同中國古代文學史一樣，存在著一種奇妙的現象：堂而皇之的主流文學與通俗流行的民間文學有著共通的主題，進而，主流文學的一部分往往寫得如同通俗文學一樣淺薄直露，而優秀的通俗文學作品則常常會異軍突起，出現高雅精深的藝術精品。復旦大學章培恆教授的〈金庸武俠小說與姚雪垠的《李自成》〉⓬，就對此進行了有趣的對比及令人信服的分析。姚雪垠的《李自成》曾獲茅盾文學獎，顯然被視為當代主流文學的「精品」。然而這一「精品」是如此淺薄，以至於與金庸的一部並不成熟的早期小說《碧血劍》中的李自成（並非小說的主要人物）形象相比，也還有相當的思想與藝術上的差距。

這一差距的根本原因在於，在金庸的小說創作中，民族主義、愛國主義、英雄主義只是創作的起點，而遠非其藝術目標及其思想的高峰。相反的，《李自成》之類的主流小說，則將民族主義、英雄主義、愛國主義等思想理念，當成了其藝術創作的主題演繹的根本及其思想與藝術的極限。

值得注意的是，金庸小說中的愛國主義，從一開始就與忠君意識分道揚鑣了。陳家洛之與乾隆（《書劍恩仇錄》），袁承志之與崇禎、李自成（《碧血劍》），郭靖之與南宋皇帝及其官府（《射鵰英雄傳》），都非忠君基礎上的愛國，而是對民衆的關懷及對鄉土家國的熱愛，從而與傳統的「忠君愛國」思想價值體系不可同日而語。進而在寫到《天龍八部》、《鹿鼎記》時，又對狹義的民族主義、愛國主義觀念、價值有了新的超越。《天龍八部》的主人翁蕭峯雖是契丹人，且做了遼國的南院大王，但在遼國君王準備大舉南下侵宋之時，卻甘願犧牲自己而謀得遼、宋兩國的和平。這種「國際主義」及和平主義的思想境界，顯然比傳統的民族主義和愛國主義境界更高。這當然是一種明顯的現代人的思想境界。而這一種思想境界在《鹿鼎記》中有更進一步的深入發掘。康熙玄燁的形象比之陳近南的忠於舊主，乃至比之顧炎武等人忠於一族（居然勸韋小寶這個小流氓當皇帝），有著明顯的思想啓發意義。而韋小寶這一形象，作者故意讓他的身世撲朔迷離，大有漢、滿、回、蒙、藏等當時五大民族的「結晶」之意，此一情節設置有如深刻的寓言，大有深思精研的餘地。

金庸小說之妙，遠不止於其民族主義、愛國主義及英雄主義的思想主題，而且在於，其中充滿了個人的人文情懷、鄉土的文化依戀、現代的人生感受及對傳統的深刻反思。這不僅使金庸的武俠小說超越梁羽生、古龍等其他武俠小說名家，而且使之足以與二十世紀中國純文學的大家比肩。——如果說二十世紀中國主流文學的基本主題是民族主義、愛國主義、英雄主義；那麼，個人的人文情懷、鄉土的文化依戀、現代的人生感慨及對傳統的深刻反思，則是二十世紀中國純文學的基本主題及思想理路。

金庸小說的最大創作秘訣及其藝術成就之一，是將上述主流文學的基本主題及純文學的基本主題相結合，並藉武俠小說的形式表現出來。這一特徵突出地表現在金庸小說人物形象的塑造上。

武俠小說天然是一種英雄文學即武俠主人翁必須是英雄人物。然而，如前所述，絕大部分武俠小說作家亦正因此而難逃人物形象概念化或公式化的厄運，從而使其作品脫不出通俗流行小說的窠臼。梁羽生將傳統的武俠故事改寫成愛國英雄抗敵救國的故事，場景境界爲之開闊，且其主人翁一變而爲文武雙全的時代英雄，劍膽琴心，風流瀟灑，讓人爲之心動。然而寫來寫去，總是大同小異，人物形象雷同。究其原因，是因爲作者堅持「寧可無武，不可無俠」，而且堅持俠爲「正義的化身」，集「勞動人民的優秀品質於一身」，看起來倒也新鮮別致，大有新意，不過顯然與中國社會主義的主流意識形態下的文藝觀念如出一轍，而其雷同的命運亦無兩樣。這就不免使梁羽生小說的藝術境界及其成就大打折扣。古龍小說別開風氣，其小說主人翁別具一格，大都不涉國事，卻自有風流，機智幽默，善飲愛美，武功奇異而身世神秘，更得年輕讀者的歡心。可謂隨時代的發展而發展，屬於武俠形象的「新生代」。然而，縱觀古龍的小說，絕大部分主人翁形象都隱約相似，都有古龍本人的影子。若說梁羽生的俠義觀念落入了「法執」，那麼古龍的英雄形象則落入了「我執」，雖不無創造性的突破，但其人物形象單純且模式化痕跡明顯，從而在整體上影響了其小說的藝術成就。

金庸小說的俠義主人翁形象，既無「法執」，又無「我執」，因而愈寫愈活，愈寫愈深，愈寫愈有藝術價值。

這要分幾個層次來說。

第一個層次，是金庸武俠小說主人翁的人格模式在不斷的創新與變化。筆者曾將此種變化總結爲「俠氣漸消，邪氣漸長」——金庸小說亦曾由此受到了一些正人君子的責備，被認爲這不是「眞正的武俠小說」，因爲其主人翁形象脫離常規。試比較金庸早期小說中的陳家洛、袁承志、大俠郭靖及胡斐（《飛狐外傳》），與中期小說的楊過（《神鵰俠侶》）、張無忌（《倚天屠龍記》）、狄雲（《連城訣》），以及晚期小說中的令狐沖（《笑傲江湖》）、韋小寶（《鹿鼎記》）等形象進行比較，我們很容易發現總體上的「邪氣漸長，俠氣漸消」的特點。其中韋小寶這一形象，已完全不是什麼俠士，而是一個地道的小流氓了。正人君子斥責金庸武俠小說「背離正道」，當然是有其道理的。可是他們卻又是只知其然而不知其所以然。金庸小說之所以愈寫邪氣愈重，那是因爲他漸悟了「人無完人」的哲理，以及「人一半是天使，一半是魔鬼」的人性本質，從而漸通「文學是人學」的藝術佳徑。他所遺棄的是俠義完人的神化公式，而追求人性及其現實人生的獨特藝術表現。這正是金庸小說的一個成就標誌。

僅用「邪氣漸長，俠氣漸消」，只能概括金庸小說主人翁人格模式的一種總體上的發展趨勢。具體而言，金庸小說的人格模式有更多的、更生動、亦更有意義的變化。筆者曾在〈金庸小說人論〉⓭及〈金庸小說主人翁的人格模式及其演變〉⓮等文中，曾對其進行如下的總結：(1)儒家之俠，以「爲國爲民，犧牲自我」爲特徵，以陳家洛、袁承志、郭靖爲代表；(2)道家之俠，以「至情至性，實現自我」爲特徵，以楊過爲代表；(3)佛家之俠，以「無欲無求，無名無我」爲特徵，以石破天（《俠客行》）、張無忌爲代表；(4)無俠，以狄雲爲代表；(5)浪子，以令狐沖爲代表；(6)小流氓，這當然是指韋小寶，別無分店。

以上六種不同的形態，變化之大，有目共睹，不必多言。而這些變化的意義，亦是十分豐富和深刻，不可不說。其一，就大體而言，儒家之俠、道家之俠、佛家之俠，都還在俠的範疇；也因其儒、道、佛的精神意蘊而屬古典文化的範疇。而無俠或非俠的狄雲，浪子令狐沖以及「反俠」的小流氓韋小寶，則顯然屬於現代文化意識的產物。狄雲之非俠，那是因爲《連城訣》中的「鈴劍雙俠」及江南大俠「陸花劉水」（又合稱「落花流水」，這裡顯然有寓言象徵性）所表現出的人性弱點，大大掩蓋了俠的光芒。令狐沖寧願做浪子，那是因爲他喜歡自由自在，而俠義門中，如青城觀主余滄海，嵩山掌門兼五嶽盟主左冷禪，華山掌門兼五嶽劍派掌門岳不群等人，只是披了俠義的外衣，而實質上或卑鄙無恥，或橫蠻霸道，或虛僞陰險，說是俠，卻全然似是而非了。《連城訣》中俠士貪利怕死，《笑傲江湖》中的俠士爭權害命，這表現出金庸對俠道的最深刻懷疑。反倒是狄雲這樣無知無俠的青年及令狐沖這樣我行我素的浪子，才有眞正完善的人性。韋小寶的形象，是中國文化傳統下的一個最典型亦最豐實的總結。這又引出了，其二，金庸小說主人翁的人格模式的這種演變，是由理想化向眞實性的深入發展。郭靖的大俠形象固然令人景仰，然而他的理想化痕跡也十分明顯。相比之下。楊過的至情至性就要眞實得多。從張無忌的拖泥帶水到狄雲的無知無識和受屈蒙冤，在其求眞實的藝術道路上又進了一步。而韋小寶這一人物形象無疑是中國文化傳統下最眞實的典型形象。

第二個層次，是金庸對其筆下主人翁的形象進行個性化的把握與塑造。這是他的小說與其他武俠小說作品的眞正分水嶺。在人格模式上，金庸的創作俠氣漸消而邪氣漸長，由古典人格進化到現代人格，且由理想化發展到眞實性，這些已爲他人所不及。而再進一層，我們不難看到，以上的「命名」其實無法完全概括金庸筆下的武俠主人翁形象。一是這一命名無法包括全體人物，如金庸最重要的小說之一《天龍八部》中的主人翁蕭峯、段譽、虛竹等等，就無法簡單地以類型概念名之。二是有些命名，也難以名副其實。如張無忌的形象，歸入「佛家之下」就不無勉強，因爲他的主要人格特徵是「無爲」與「隨意」，這又是道家的遺風了。總之，上述的「命名」，實是爲了概括，不得已而爲之，正如古人所言，是「名可名，非常名」。這一點萬不可忽略。

彌補命名不確的缺憾，那就只有從個性形象方面來把握了。金庸的武俠小說創作，一開始或許是從俠義英雄主義的理念開始構思和敘述，我們不難發現，很快地就加入了人物個性形象的創作，且逐漸對俠義理念取而代之，而使其武俠小說創作成了披著武俠外衣的個性化的藝術探索。即便是一開始，金庸也已力避公式化和概念化的痼疾，而將人物的個性考慮在內。至於上述種種概括之「名」，那是論者的一種把握形式，而非作者的創作起點。

在金庸小說中，主人翁的個性及其情感特點始終是其創作的重點所在。這一重點有兩個重要支柱，一是從各自不同的人生經歷及其環境背景下來把握人物的個性。一是從人物的情感關係及其矛盾衝突中來表現人物的個性。即便是在早期作品中，即便是在同一人格模式中，我們也依然能發現其不同的主人翁形象的不同個性氣質。如陳家洛、袁承志、郭靖三人，都是金庸早期作品中的人物，又都是儒家之俠，即他們都可以說是爲國爲民的「俠之大者」，但他們的個性形象，卻並不同。陳家洛出身於名門世家，本人又是舉人出身，文武雙全，再加上又是紅花會的少舵主，他的形象是面目英俊，形態端莊，舉止老成，而又風流蘊藉；袁承志是名門之子，但自幼失怙，幸而成爲華山俠門弟子，屬江湖義士，因而老實而不失活潑，滑稽而不失忠厚，面貌黑不溜秋，性格外圓內方，這與陳家洛顯然不大一樣。郭靖自幼生長於蒙古草原，木訥厚道，忠誠老實，性格方正，智力發育超慢，屬民間草莽，這與陳家洛、袁承志又不大一樣。在情感生活中陳家洛既愛霍青桐，又傾心喀絲麗，且怯於表白，只能被動接受，主動之時卻將愛侶喀絲麗賣給了乾隆；這是由他的性格所決定的。袁承志自有了夏青青，便忠貞不二，對其他少女不再輕易生情；郭靖在華箏與黃蓉之間，即在義氣與情感之間大費周折，這也都是由他們的個性所決定的。在事業上，陳家洛功敗垂成即全身而退；袁承志是功成而退；郭靖最終是保衛襄陽死而後已，這同樣是由他們各自不同的性格決定的。至於「射鵰三部曲」中的三位主人翁郭靖、楊過、張無忌之間的性格差異，金庸本人在《倚天屠龍記》一書的修訂版〈後記〉中已寫得分明，不必多說。唯一要說的一句，是從這一〈後記〉中，我們不難看出金庸對人物個性形象的把握和表現是由不自覺發展到自覺，因而後來的人物形象個性愈來愈突出，亦愈來愈豐實。限於篇幅，這裡就不必一一細說了。

第三個層次，是在具體的敘事過程中，抒發作者的人生體味，突出人物的人生悲苦，以創作人生的藝術境界。前文中我們曾說及金庸小說在愛國主義、民族主義、英雄主義的基礎上，還表現出個人的人文情懷及現代人生的深刻品味，這表現在金庸小說雖無一例外地是寫古人古事，並且也確實寫出了歷史的情境及古典風貌，然而，在骨子裡卻又與衆不同且出人意料地寫出現代人生的神韻，並以此而與現代的高層次讀者產生廣泛的共鳴。

筆者曾將金庸小說的這一層次特點總結爲「孤獨之俠，失戀之侶，茫然人生」。

所謂的孤獨之俠，是指金庸小說的主人翁是一些形形色色的孤獨者。最明顯的特徵之一，是他們大都是些孤兒，陳家洛、袁承志、胡斐、楊過、張無忌、令狐沖、狄雲等等都是父母雙亡；郭靖有母無父，蕭峯有父無母，段譽和虛竹雖有父母但都不知；最苦的是石破天，究終也不知父母是誰；而最妙的是韋小寶，其父居然有可能是漢、滿、回、蒙、藏五族的任何一人。這些人不但大都是孤兒，而且絕大多數都是獨子，是眞正的既孤且獨。進而，他們生存於世，雖或有師門兄弟，或有幫派團體，看起來同道甚多，熱鬧非凡，但卻沒有或缺乏眞正的朋友，在人群之中，他們都是眞正的孤獨者。就算《天龍八部》中的蕭峯、虛竹、段譽三人結爲異性兄弟，但卻從未見到他們有眞正的內心的精神交流，蕭峯之死就完全出乎虛竹與段譽的意料。因而這一死也是眞正的孤獨之死。最後一層，當然是他們內心的孤苦，這在金庸的書中，隨處打動讀者的心靈。楊過一生，沒多少的歡喜時刻，因而有「人生不如意十之八九」的慨嘆；石破天雖然逢凶化吉好運不斷，但卻全非出於自己的心願；令狐沖無門無派之後看似自由自在且轟轟烈烈，但此中悲苦心事又有誰知？

所謂失戀之侶，是指金庸小說中的男女失戀者可以組成一個巨大的方陣。這是由於金庸超越了古人三妻四妾的歷史眞實，而堅持情感與婚姻的一一對應（這也是其小說現代性的一種表現）。更重要的是，在一一對應的愛情故事中，金庸所偏好的，卻又是陰錯陽差。如《飛狐外傳》中的胡斐愛袁紫衣，但她卻是尼姑；程靈素愛胡斐，但他只當她是妹妹。這一模式，在《白馬嘯西風》中有更進一步的發揮。而在《笑傲江湖》中，儀琳深愛令狐沖，令狐沖卻愛岳靈珊，而岳靈珊卻愛林平之。《神鵰俠侶》中的楊過與小龍女雖然最終團圓，但卻嘗遍苦難人生，且一個斷臂，一個失身，還要經歷生死茫茫十六年；更不必說，程英、陸無雙、公孫綠萼乃至郭襄與郭芙的無盡的失戀之痛。《天龍八部》中的蕭峯與阿朱相愛，卻又無意中一掌將她打死；段譽碰上的少女，多半「情妹妹」變成「親妹妹」，他與王語嫣的團圓結局，是以得知並承認「天下第一大惡人」段延慶為生身之父為前提的。只有《鹿鼎記》中的韋小寶一夫七妻，自稱「艷福齊天」，然而其中卻又全然缺少愛情，因而他之福往往是阿珂、方怡等人之大不幸。

所謂茫然人生，當然與孤獨之俠及失戀之侶有關。但更重要的，卻是其事業的成敗不由人算；而最重要的，則是他們的人生價值觀的深刻迷茫——這也正是現代意識的最突出表現。金庸筆下的大多數主人翁最終都以歸隱林泉而結束他們的人生戲劇：陳家洛、袁承志、楊過、張無忌、狄雲、令狐沖，甚至韋小寶都是這樣。這表明他們在現實世界中再也找不到他們合適的位置，找不到他們奮鬥的目標。狄雲練好一身絕世武功，只能「拔劍四顧心茫然」；而最有代表性的或許還是石破天，最終也不知「我是誰」，自然也就不知「從何處而來，向何處去」了。不用說，這是金庸所創作的人生寓言。正如《倚天屠龍記》中所引的波斯詩人峨默的詩句：「來如流水兮逝如風，不知何處來兮何所終」。這種意境，早在金庸的第一部小說《書劍恩仇錄》的結尾就出現了：喀絲麗身死，陳家洛前往祭奠，在香香公主墓前寫了一首銘文，「浩浩愁，茫茫劫，短歌終，明月缺。鬱鬱佳城，中有碧血。碧亦有時盡，血亦有時滅，一縷香魂無斷絕！是耶非耶？化爲蝴蝶！」細讀金庸的讀者，當對此中意境不會無動於衷。

四

金庸小說的藝術成就及其對二十世紀中國文學的獨特貢獻，不僅表現在其對武俠小說傳統價值體系的成功改造，嶄新的人文思想主題的提煉，及深刻的人生藝術境界的創造與拓展等方面；而且還表現在獨特的想像方式，完善的長篇小說敘事規範，及其成熟優美的民族文學語言藝術等方面。

先說獨特的想像方式。

金庸小說上下千年，縱橫萬里，包羅萬象而又出奇制勝。初讀者勢必廢寢忘食，乃至通宵達旦；再讀者亦會愛不釋手，嘆爲觀止。固而愛金庸小說者常常非一讀再讀、再讀三讀不可。即便如此，也仍不能說很容易深得金庸小說之究竟。

顯然，金庸小說之大受歡迎，與其豐富的想像及奇妙的敘事關係甚大。而這一點，又恰好彌補了二十世紀中國敘事文學的某種缺憾。

縱觀二十世紀中國文學，由於它從世紀初開始便受到文化功利主義的驅動，且無形中又與傳統的文治教化、文以載道不謀而合或有謀而合；再加上科學、民主等理性主義的思潮影響和戰爭、動亂等現實環境的作用，使得二十世紀中國文學自然而然地奉現實主義爲其圭臬。以反映民生疾苦、批判現實（及歷史）黑暗，和表現現實人生的艱辛爲基本規範。名曰求眞，旨在求善；至於求美，倒在次之又次了。久而久之，二十世紀中國作家，尤其是主流作家的想像力就因長時期受到極大的束縛和局限，而逐漸痲痺了翅膀，以至於再難展翅高飛了。寫實的文學固然有其存在的必要及存在的價值，但若唯有寫實爲「正宗」，甚至唯有寫實一條路，文學之園的單調也就可想而知。

由於久受影響和薰陶，不少讀者乃至文學批評家都不再適應非寫實文學，視浪漫的、傳奇的文學爲異端，甚至視新式的神化史詩或曰「成人的童話」爲「荒誕不經」。「脫離現實」或「逃避現實」是對一切非寫實文學的判詞，當然是一種貶詞。同時，又或許正因爲有此主流，恰恰成全了通俗傳奇文學如武俠小說的產生和發展。武俠小說的意義和價值正在於它遵守另一套寫作規範，奉行浪漫傳奇的原則，從而爲二十世紀中國文學保留了想像的餘地。

金庸小說之奇，例子舉不勝舉。武功的誇張，人物經歷的離奇，乃至歷史事件的重構，無不出奇出巧，如幻如夢。如果說傳奇與想像是武俠小說的共性，那麼金庸小說的獨特之處——也是他的想像方式的獨特之處——則是他始終遵守「奇而致眞」的藝術法則。

「奇而致眞」之「眞」，首先是人物性格的眞實性。在《神鵰俠侶》的〈後記〉中，作者寫道：「武俠小說的故事不免有過分的離奇和巧合。我一直希望做到，武功可以事實上不可能，人的性格總應當是可能的。楊過和小龍女一離一合其事甚奇，似乎歸於天意和巧合，其實卻須歸於兩人本身的性格。兩人若非鍾情如此之深，絕不會一一躍入谷中；小龍女若非天性淡泊，絕難在谷底長時獨居；楊過如不是生具至性，也定然不會十六年如一日，至死不悔。當然，倘若谷底並非水潭而係山石，則兩人躍下後粉身碎骨，終於還是同穴而葬。世事遇合變幻，窮通成敗，雖有關機緣氣運，自有幸與不幸之別，但歸根到柢，總是由各人本來性格而定」。在《鹿鼎記》的〈後記〉中，作者又說：「在康熙時代的中國，有韋小寶那樣的人物並不是不可能的事」。由此可知，金庸小說的傳奇與想像，總是有性格眞實及其可能性原則在其背後起把握與抉擇的作用。

「奇而致眞」的更深一層，是要建構人生世界及文化背景的某種寓言。「金庸作品的特點是用通俗手法表現極深的意義。情節和細節雖然荒誕，但寫出了中國古代文化的魅力，對儒釋道兵等古典文化的神韻有了重新構建，而且作品體現了人的理想性格和對人性的考察，他與別的武俠小說作家不同，靠的是文化。」⑮「金庸的武俠小說爲什麼會有那麼多讀者？主要就是它把中國文化傳統雕刻成了一座玲瓏剔透的雕像，任現代人觀賞。在許多地方，金庸把中國的傳統提煉爲各種理念，再透過形象把理念表現出來，超越了細節的眞實，直接訴諸人們心靈的最高層次。」⑯說金庸小說情節細節之「形」離奇虛幻，而其「意」則眞實可觀，這當然是不錯的。說金庸小說「靠的是文化」也是不錯，只不過有些只知其一，不知其二。例如《笑傲江湖》一書所寫的中國政治文化寓言，既「靠」文化，更對文化傳統進行嚴厲的批判和深刻的反思，而《鹿鼎記》作爲一個深刻的歷史寓言，其意義更加豐富。實際上，《連城訣》、《俠客行》、《天龍八部》、《笑傲江湖》、《鹿鼎記》等小說，都在離奇情節的背後，有一個完整的形而上的寓言結構。而在其他小說中，雖未必有完整的形而上結構，但每有離奇處必有寓言卻是事

實。傳奇使金庸小說情節博大，而寓言使金庸小說意義精深。

再說金庸小說敘事規範及其情節結構。

敘事規範包括想像方式、情節結構方式及語言表達方式。想像方式前文已經談過，語言表達方式後面再談，這裡先說其小說的情節結構。對於金庸小說的情節結構，不少人發表過專門論文，大都極爲稱道。然而說來說去，往往總是說不到點子上，知其然而不知其所以然，甚至只涉及其淺表特徵。而對於金庸小說情節結構的意義及其對中國長篇小說敘事方面的貢獻，更是估價不夠。

當然也有推崇備至的，如馮其庸教授就曾說過：「金庸小說的情節結構，是非常具有創造性的，我敢說，在古往今來的小說結構上，金庸達到了登峰造極的境界。」⓱這話聽起來不免難以置信乃至瞠目結舌，但認眞研究起來，會發現此言雖玄，卻非純粹的虛誇，更不是無稽之談。金庸小說的情節結構的藝術成就，在世界文學史上的貢獻如何尙待研究，而在中國文學史上，尤其在中國長篇小說史上，金庸並非不能當「古往今來，登峰造極」之譽。這當然是一種「大膽的假設」，關鍵還在於「小心的求證」。

中國（漢語言）文學史中沒有史詩，這是衆所周知的事實。由於中國人在哲學上重感悟、直覺而較少邏輯推衍，在文學上除載道正宗之外，則重於抒情而輕於敘事，因而在敘事文學面，尤其是在長篇敘事文學方面，又尤其是在長篇敘事文學的情節結構方面，向來存在能力及方法上的不足和缺陷。或流於演史，或陷於講經，或中篇拉長，或短篇聯綴，或信馬由韁，或虎頭蛇尾，中氣不足。最好的也不過是故事層面的情節鋪排，而缺乏有力的結構形式，因而說到小說，總有這樣或那樣的不足。我們所熟知的古典長篇小說名著，亦多有明顯的結構方面的缺陷。《三國演義》寫到諸葛亮去世，《水滸傳》寫到英雄大聚義，《西遊記》寫到三打白骨精，無不有蛇尾之弊。而《紅樓夢》的原作者號稱「披閱十載，增刪五次」，何以後四十回仍要他人補缺，其中奧妙一向是紅學界的一大學案，而其結構上的困難也就不難推想而知。至於《金瓶梅》、《儒林外史》以及近代小說《官場現形記》、《二十年目睹之怪現狀》之類，在結構上說，簡直不成「體統」。

從總體上說，二十世紀的長篇小說創作，由於借鑒了西方人的方法與技巧，在情節結構方面大有進步，然而觀其主流，仍有一大部分未晚「講經」或「演史」，抑或講經兼而演史的老套，至多是「經」義有變而「史」構不同罷了。茅盾先生的《子夜》自稱是得「意」於《資本論》，後代作家的不少長篇則得「法」於新的「歷史觀」。個人的藝術創作實為鳳毛麟角之稀有。魯迅、沈從文這樣的中短篇小說藝術大師卻無眞正的長篇傳世，結構上的困難恐不能不估計在內。後世的長篇創作，乃至九〇年代的今天，仍稀有藝術結構方面的精品。

在這方面，通俗文學與主流文學倒有驚人的一致。以武俠小說而言，二〇年代的還珠樓主的信馬由韁和平江不肖生的故事聯綴，顯然未能在情節結構及其整體性上有所建樹。後世的古龍，短小靈巧而長篇乏力；梁羽生雖喜長篇，甚至系列，但觀其代表作《七劍下天山》，則不難了解其長篇結構的種種弊端與局限。至於那些專寫復仇、探案、奪寶、伏魔及情變故事者，作品篇幅倒也夠長，然而離長篇小說的藝術水準尚遠。

由此而觀金庸小說的情節結構，不能不承認他確實創造了一個獨特的藝術高峰。在二十世紀中國文學史上堪稱奇觀。

金庸小說的情節結構方式，簡而言之，是江湖傳奇——歷史視野——人生故事組成一種獨特的三維結構，而這一結構的交點或核心則是人性／文化的寓言。外在的三維結構保證了金庸小說的時空開放性及其敘事與想像的自由度，從而使之能極大限度地施展其創造性的藝術才華。而內在的，形而上的寓言層面，則又保證了金庸小說的整體性，及其開放結構框架的向心力。

金庸小說也採用復仇、奪寶、探案、伏魔、情變等通常的武俠小說類型情節模式，但在金庸小說中沒有任何一部是由某一單獨的模式組成。這就是說，金庸從未將通俗的類型模式作爲其小說的結構支架，而僅僅用它們作爲一種材料或一條「邊線」（三維之一）。這就使金庸小說超越了絕大多數講故事的武俠作家作品。

金庸小說的另一條邊線是它的歷史背景。這一點表面上與梁羽生相似。不同點是，金庸從來未將他的小說寫成通俗歷史演義。也就是說金庸小說從未讓歷史事件牽著鼻子走，其中的歷史人物及歷史事件，包括主人翁與歷史人物及歷史事件的（虛構）關係，都只是小說敘事的一種背景或一條邊線，毋寧說是創造一種歷史視野。金庸小說的故事情節正在這歷史視野和江湖傳奇兩條邊線中展開，從而獲得巨大而且又是獨特的藝術空間。

金庸小說情節結構的第三維，也可以說是金庸小說的眞正情節主線，是其獨創性的人生故事。即以主人翁的成長、成才（練武學藝）及成功的曲折歷程作爲小說結構的中心線索，包括各式各樣的人際關係及其情感經歷，和主人翁走向成熟的心路歷程。正是這一結構主線的存在，保證了金庸小說情節結構的獨特和完整；保證了金庸小說與衆不同（梁羽生的小說缺少這樣的主線）；同時還保證了金庸小說本身的互不雷同。不同時代背景中的不同主人翁及其不同的性格和不同的人生故事，這一「變量」保證了金庸小說的完整性基礎上的多樣性。

再說金庸小說的語言藝術。

二十世紀中國文學，尤其是「五四」新文化運動之後的中國文學，最突出的成就在於其語言形式的變革，即運用白話文，打倒文言文，建構了新的白話文學的語言體系。從而徹底改變了千百年來中國文學言文分離的不良傳統，堪稱是語言文學的一次革命。

然而，白話文運動的成功，尚不能說是中國文學語言變革的成功。新的文學語言體系和規範的建立，尚需全體中國作家的不斷努力。在白話文學語言的創建過程中，毋庸諱言，有許許多多的障礙和曲折，除文言傳統的障礙外，還有西化或歐化語言的曲折經歷。在很長的一段時間內，在很大的一個範圍內，歐化語言（包括詞彙、句法、文法結構等等）幾乎成了一種時尚，甚至成了一種主流。而這種半中半西的所謂新文學語言，在某種意義上，又成了一種新的「文言」，即「歐化文言」。這就是說，我們打倒了「古典文言」，卻又有些人以「現代（歐化）文言」取而代之，亦即言文分離的現象不僅依然存在，甚至在一定的程度上說還是有過之而無不及。以至於連一些同時代的作家也覺得其晦澀難懂，斥之爲

「鳥語」或「屁話」。

另一種巨大干擾，來自白話政論，亦新的「載道」文章。這種非文學的白話文亦長期作爲一種「文學語言」的「正宗」。大至概念演繹、宣傳材料，小至標語口號，都對新的白話文學語言的創立與發展起過不良影響。「報紙腔」、「文件調」不絕於耳，說是文學，只能是語言藝術上的假冒僞劣。

當然，儘管有各式各樣的障礙，各式各樣的曲折，新文學的白話語言藝術仍在蓬勃發展，而且成就可觀，魯迅、周作人、沈從文、老舍、錢鍾書直至當代的汪曾祺、張中行、阿城……等一大批優秀作家及其經典之作，爲現代白話文學語言奠定了堅實的基礎，成績斐然。

而金庸小說的語言藝術實績亦不可低估。金庸小說的語言形態，經歷了《書劍恩仇錄》的從雅，經歷了《雪山飛狐》、《飛狐外傳》的從新，自《射鵰英雄傳》開始走向成熟，至《天龍八部》而趨大成。在《書劍恩仇錄》中還有「麗若春梅綻雪，神如秋蕙披霜，兩頰融融，霞映澄塘，雙目晶晶，月射寒江」之類的駢體文言老套；在《碧血劍》、《雪山飛狐》、《飛狐外傳》等書中卻又有不少「新文藝腔」（多少有些「新書面／文言腔」的意思），雖然作者修訂時花了大量精力進行修改（見諸書〈後記〉），但仍然有痕跡可尋。這種或過舊、或過新的文言形式，在《射鵰英雄傳》及其後的作品中就愈來愈少，以至於無。金庸小說的敘事語言開始展現出成熟的藝術風貌。

綜合地說，金庸小說的語言特點與成就有以下幾點：一是「述事如出其口」，眞正做到了口語化，明白流暢，言文一體；二是語言豐富，且出神入化，將成語、方言、俗語等等全都「化」入他的現代口語之中；三是語言優美，生動活潑，發掘了漢語特有的詩性特徵（當然也繼承了古典詩、詞、曲、賦的優秀語言傳統，並將之「化」入小說的敘事語言之中）；四是機智幽默，隨處發揮，極富創造性。至於語言的準確和鮮明，以及人物語言的個性化等等，自是不在話下，限於篇幅，這些就不一一展開並舉例論析了。

總之，金庸小說與中國二十世紀文學關係密切。眞正的文學史家都無法迴避。武俠小說及其他通俗文學類型，雖非主流與正宗，卻是民族文學的根本。而金庸以此爲起點，天才出世，匠心獨運，對此文學類型進行了成功改造，取得了如此驚人的成就，自應成爲二十世紀中國文學史的重要篇章。而且，如前所述，將金庸與二十世紀文學史結合起來看，不僅對金庸小說及「金庸現象」的研究大有必要，而且對二十世紀文學的研究與理解亦大有啓發。筆者並無矯枉過正之意，不想將金庸小說誇張成二十世紀中國文學的主流典範，但金庸小說的存在及其意義卻不容忽視。

注釋：

❶嚴家炎：〈一場靜悄悄的文學革命——在查良鏞獲北京大學名譽教授儀式上的賀詞〉，見《通俗文學評論》一九九七年第一期「金庸專號」。

❷馮其庸：《《金庸筆下的一百零八將》序〉，浙江文藝出版社，一九九二年版。

❸王一川主編：《二十世紀中國文學大師文庫・小說卷》上、下冊，海南出版社，一九九四年十月版。

❹同❸。

❺梁啓超：〈小說與群治之關係〉，《飲冰室文集》卷十七。

❻〈世紀的跨越——重新審視二十世紀中國文學〉，《二十世紀中國文學大師文庫・序》。參見注❸。

❼載《通俗文學評論》一九九七年第一期「金庸專號」。

❽茅盾：〈封建的小市民文藝〉，原載《東方雜誌》第三十卷第三號，一九三三年一月一日，見《中國無聲電影》第一〇三九頁，中國電影出版社，一九九六年版。

❾陳世驤：〈致金庸函〉（一九七〇年十一月二十日），見《天龍八部・附錄》，三聯書店，一九九四年版。

❿王一川：《中國現代卡里斯馬典型・引言》，雲南人民出版社，一九九四年版。

⓫梁啓超：〈文明與英雄的比例〉，《新民叢報》第一號，一九〇二年二月八日，《飲冰室合集・專集之二》。

⓬載《書林》雜誌一九八八年第十一期。

⓭百花洲文藝出版社，一九九三年版。

⓮載《通俗文學評論》一九九三年第四期。

⓯王一川語，見《中國青年報》一九九四年八月二十五日第五版〈金庸可能當大師？〉。

⓰冷成金語，見〈新武俠小說與中國文化傳統〉（講座）。

⓱同注❷。

論金庸小說是中國與世界文學的領先之作

周錫山

關於金庸武俠小說所取得的偉大成就，已有多位論者從各方面予以分析、評論，筆者拜讀之後，深感獲益匪淺。根據諸位論者的高見，結合筆者自己的閱讀體驗，和對古今中外一些一流名著的比較，尤其是對照美學大家高懸的天才之作的準則，筆者認爲金庸小說是二十世紀中國文學和世界文學的領先之作，在中國和世界的文化史上占有卓特的地位。今試作論述如下，求教於讀者與方家。

一、雅俗共賞、化俗為雅的典範

沈利華女士認爲金庸先生「爲海內外讀者創造了新一代的武俠小說，給通俗文學提高到雅俗共賞的審美境界，開創了新紀元」❶。文言武俠小說，在唐宋時代被看作是通俗文學，現在則劃入高雅文學作品的行列，進入大學課堂。古近代白話武俠小說，只有《水滸傳》被公認爲文學經典。二十世紀的白話武俠小說原都是通俗文學作品，只有金庸的武俠小說，提高到雅俗共賞的審美境界，開創了新紀元。

筆者曾撰〈論藝術之高雅與通俗〉一文，認爲：一個時代有一個時代的高雅與通俗，通俗藝術向高雅轉化的關鍵是知識分子；又指出高雅藝術的三條標準，高雅藝術和通俗藝術的不同前景❷。中國如《詩經》中的〈國風〉、漢樂府至元雜劇、《紅樓夢》，西方如荷馬史詩、莫里哀喜劇至莎士比亞戲劇等，其產生之時代皆被劃入通俗文學，現早已進入高雅和經典的領域。這便是一個時代有一個時代的高雅與通俗。通俗文藝提高到高雅藝術的關鍵，是參與整理、創作的優秀知識分子。周代民歌因孔子的整理、編定，成爲《詩經》中藝術成就最高的精華部分。宋金元的講史、話本故事，記錄下來成爲通俗小說，通俗言情小說因曹雪芹的創造，產生了《紅樓夢》這樣的長篇小說經典。中國二十世紀先後有京劇和部分地方戲、蘇州評彈和金庸武俠小說，進入雅俗共賞的高雅藝術之層次。是否進入高雅藝術，有三條標準：首先，此門藝術有二、三十部經典作品，如京劇、評彈、西洋歌劇皆如此。武俠小說僅金庸全集是經典，故而武俠小說作爲整體，尙不是高雅藝術，金庸小說首臻高雅境界，故曰「開創了新紀元」。其次，名家和名作已化爲一體，成爲藝術的化身。如談到托爾斯泰就想到《安娜·卡列尼娜》、《復活》、《戰爭與和平》，談到《貴妃醉酒》、《霸王別姬》便想到梅蘭芳，講到金庸，從《書劍恩仇錄》、《笑傲江湖》直到《天龍八部》、《鹿鼎記》，一串書名即現眼前，不是馬上就將作家與作品化合在一起了麼？第三，除有大量的普通觀衆、讀者外，還能吸引專家、學者、教授、文學藝術家等高層次的欣賞者，並形成一個群體。其衡量的標誌爲：一、他們欣賞金庸小說後，自感得到極大的藝術享受；二、對金庸小說已成爲自覺、穩定的愛好，而非一時的興致、獵奇和淺嘗輒止的偶爾興趣；三、其中在本專業中有創造成就的佼佼者，還能從欣賞中得到啓發、營養、提高、借鑒甚至靈感，從而推動了其他藝術門類的發展。從以上三個標準看，金庸小說是完全符合的。單以金庸小說所描寫的武藝來說，筆者已著〈金庸武俠小說：氣功武學的最高之作〉一文❸，指出其對練武、練氣者有指導作用；盛傳嚴新曾欲向金庸請教並與之討論武學，即可見其已符合第三條之最高標準。

藝術之高雅與通俗，不能以門類分，而應以藝術成就來區別。同樣是電影故事片，有的稱爲「藝術片」，顯屬高雅藝術，有的稱爲通俗片，以明歸宿。莫里哀強調面向「池座觀衆」的通俗喜劇，卻被歸入古典主義的典範行列；通俗易懂的卓別林電影，其最傑出的作品如《大獨裁者》、《凡爾杜先生》等，都是電影史上的經典之作。言情小說，《家》、《春》、《秋》皆屬經典，而不少大陸和港台作品，全屬通俗文學。武俠作品，《史記．游俠列傳》、唐代傳奇名作和金庸小說全集，顯然皆屬高雅的經典作品。而屬於高雅藝術門類的，如明清傳奇即崑曲的不少劇本，缺乏藝術性，雖然貌似高雅，可惜不是成功的藝術作品，當然算不上是「高雅藝術」了，於是只能失傳。又如被看作高雅藝術的京劇《沙家濱》，在藝術成就上不如被看作通俗藝術的滬劇《蘆蕩火種》，更且其成功處皆取自《蘆蕩火種》滬劇原作，其改動、增添處，則多是敗筆，筆者有〈京劇《沙家濱》對滬劇《蘆蕩火種》的侵權與改編得失〉一文專作比較❹。可見一部作品是否上乘，全按藝術質量論定，絕不能以藝術門類強分高下。在學養深厚的學者心目中，藝術門類沒有世俗意義上的高下之分。所以有識見的藝術家重視最低層的民間文藝，從中吸收養料，或拿來改造、發展，良有以也。

當然，金庸小說作爲高層次的典範作品，能做到雅俗共賞，故而影響巨大，而其高雅處，也即傑出的藝術成就，則必須經得起嚴格的分析和推敲。

二、令人嘆為觀止的藝術成就

通俗文學與嚴肅文學的基本分界爲，前者僅以情節見長，後者不僅以情節見長或不以情節見長。僅以情節見長，便淺俗無味，讀者不能獲得高層次的審美享受。不以情節見長，便不能贏得大量的欣賞者，包括高層次的欣賞者。金庸小說的第一個出衆成就，即不僅情節豐富、曲折、精彩，而且完美。馮其庸先生指出：「金庸小說的情節奇麗壯觀而又嚴絲合縫，奇峰突起而又峰迴路轉」，「古往今來，情節之離奇變幻若此，而又眞實可信引人入勝若此，創作之長篇巨論而又精警出塵若此」，「覺得就中國古今小說來說，還無第二人。」❺實際上在世界文學史上也可稱罕有其匹。莎士比亞戲劇也以情節見長，而且其情節之精彩，是莎劇成爲世界文學不可逾越的高峰的三大藝術成就之一。但莎劇的情節卻時有漏洞，筆者曾撰〈西方名著中的失誤及其接受效應〉一文❻，具體分析《奧賽羅》與高爾基《母親》情節描寫的重大失誤。

金庸小說的情節奇麗壯觀，波瀾起伏，令人驚心動魄，極爲引人入勝，這是其完美性的第一個層次。其情節嚴絲合縫，前後照應，少有漏洞，十分圓滿，這是其完美性的第二個層次。有這兩個層次確已罕有倫比，但金庸小說的情節完美性，還遠不止此。

其第三個層次是，其奇妙情節有力地爲塑造人物的性格服務，更且做到情節與性格的互爲生發。金庸的全部小說都能做到人物性格決定情節的發展和變化，而情節的發展和變化能生動表現人物的性格之塑造、發展和變化。情節的複雜和性格的複雜同步、呼應，相得益彰。如韋小寶的急智和機變，造成情節的波瀾跌宕，而情節的變幻莫測又突出了韋小寶的智力過人。由於情節與人物性格互爲生發，情節便顯得極爲自然合理而且變幻莫測，從而使金庸每部小說的階段性結局和全書的大結局，都有水到渠成和只此一路別無選擇之感，反過來又使人物性格的發展充足、到位，令人信服。如《連城訣》中的花鐵幹因錯殺知友而心理變態直至發瘋、醜態百出；水笙從誤解、痛恨狄雲，到最後拋棄鍾愛的情人，回到杳無人跡的山谷，一心等候狄雲的歸來，皆出人意料之外，合乎情理之中。

其完美性的第四個層次是，包羅全部情節模式，從而能引發讀者的全部感情：驚險處能使人極感恐怖，幽默處使人忍俊不禁、會心微笑，可笑處使人暢懷大笑；無數串連在一起的故事情節，令讀者或欽佩尊敬，或鄙視小看；或心曠神怡，或心酸難言；或歡喜高興，或沉痛悲戚；或心滿意足，或無限遺憾。總之，愛恨悲喜，甜酸苦辣，種種嘗遍。如果我們過的是平凡、小康的一生，那麼透過金庸小說，我們領略到了富貴、英勇、驚險、出衆人物的心境，也體會到了貧窮、靜心、淡泊、落寞人物的心態，對各種心理狀態下的人的情感，對大喜大悲的情感，都有了一定程度上的體驗。

其完美性的第五個層次是，金庸小說的情節猶如一個大海，猶如一部電腦，能將什麼東西都吸納進去，組織成一個完美的有序的多層次的立體性結構。金庸小說裡有武技、江湖規則和經驗之談的描寫介紹，有社會道德和人生修養、人生哲理的描寫介紹，乃至中國文化的各個層面、各種內容的描寫介紹。如琴棋書畫、歷史、哲學，皆能生動描繪，化抽象為形象，組織到情節之中，毫不牽強，絕不令人感到枯燥。人稱《紅樓夢》為大百科全書，金庸小說則更勝一籌。如《紅樓夢》描寫下棋，比較簡單，只是過場戲；金庸小說中的下棋，也是過場戲，他卻能設計出精巧微妙的棋局，又提煉出其中的棋理，並由此上升到哲理，開拓讀者的思路，學會一種思維方式。關於歷史，如《鹿鼎記》透過九難的思索和反省，康熙的形象描繪，作者深刻分析了明清鼎革之際的歷史教訓，和明、清、大順與吳三桂「三國四方」的政治、軍事形勢，主持大局者的素質和心理對大局的影響，和歷史發展的必然規律，顯示作者卓特史識，而這些史識的表述決定了情節的發展趨向。金庸小說中，儒道佛三家哲學的指導、滲透和描繪，比比皆是。金庸的高明之處，在於都能將這些因素化為情節的組成部分，擺脫抽象議論的缺點，因此常能化老生常談為神奇。

因此，金庸小說的情節設計之藝術成就，確是罕有倫比的。

金庸小說的第二個巨大藝術成就，是寫出了廣闊的歷史、社會背景。金庸小說的筆觸，上至宮廷中的各種場景，王府和達官家的機要、生活秘處，下至強盜山寨、乞丐居處，無論高原山林、大海巨川、山崖深淵、海外荒島、荒郊破廟、山洞地道，無所不到。青樓酒樓、閨房書房、賭窟墓窟，戰場情場、商場官場、會場氣場，無所不寫。帝王將相，文士武將，直至三教九流、男女老少人物，無不登場。在這樣無比廣闊的背景襯托下，金庸小說中的情節、人物當然更顯出色。

金庸小說的第三個巨大藝術成就，是刻畫出典型環境中的典型性格，並在此基礎上寫出普遍和特殊的人性，且能引向極致。金聖嘆評《水滸傳》有云：「《水滸傳》寫一百八個人性格，眞是一百八樣。」「把一百八個人性格，都寫出來。」❼又稱頌《水滸傳》能寫出不同人的不同氣質。實際上《水滸傳》只寫好一百八人中的主要角色。如將金聖嘆的這個評價移至金庸小說倒十分確切。金庸小說中的主要和不少次要人物都能寫得性格鮮明而各異，並曲折傳達出人物的各自氣質。

金庸小說在塑造人物典型性格的基礎上，更能探索人物極其隱秘微妙的心理，並能將人性寫到極致。如寫人物的寬宏大量，《飛狐外傳》中的苗人鳳被人毒瞎雙目，《神鵰俠侶》中的楊過被砍一臂，皆念對方無意傷害而立予寬恕，慷慨大方之極。如寫人的忠誠信義，《神鵰俠侶》中的楊過堅信小龍女倉卒相別時之一言，十六年走遍天涯海角，苦心尋找，最後回到分手處跳崖殉情。自二十二歲至三十八歲，楊過耗費了整個青春年華，「千金一諾」與他的信義相比尚嫌太輕。另如江湖、世道之險惡，岳不群、萬圭之流陰謀詭計之深藏不露、圓滑毒辣和曲折複雜，已到極處。而喬峯、令狐沖、郭靖、胡斐等人的仁慈俠義、捨己爲人、淡泊名利也已到了人性之美的頂點。妙在金庸表現這一切，做到眞實自然而可信，毫無誇張過分之弊病。

金庸小說的第四個巨大藝術成就，是創造了一個完整、複雜的藝術世界：江湖世界。

中國古代四部偉大的長篇小說巨著，皆能創造一個完整、複雜而且多姿多采的藝術世界，這可謂是中國作家為世界文學史作出的偉大貢獻。《三國演義》中顯現的是軍事世界，《水滸傳》中展開的是綠林世界，《西遊記》虛構了神魔世界，而《紅樓夢》則描繪了情愛世界。這四個世界皆自成界限，頗具規模，相對完整，多姿多采。

金庸的武俠小說也是如此，上承古典偉著，獨創了一片江湖世界。這個世界亦鮮為人知，對常人來說，是一片陌生的境地，是一個天才的卓特藝術創造，是源於生活並高於生活的理想境地，是現實主義和浪漫主義完美結合的宏篇巨著。

三、無可模仿的天才之作

金庸小說是無可模仿的天才之作，其間有兩個層次：其一，金庸小說是獨創之作，它絕不模仿前人，也無可模仿，一空依傍，自鑄偉辭；其二，金庸小說是後人所不可模仿的巨著。

筆者用古人衡量天才之作的標準，西方最偉大的哲學家、美學家康德的論述，二十世紀中國最偉大的文史學者、美學家王國維的論述，當今衡量天才之作的標準，這四個角度，共十二條標準，來論證金庸小說是二十世紀的天才之作。

中國古代衡量天才之作的標準是集大成，即集中創作方法、手段、形式的各個方面，達到相當完備的程度。如杜甫詩、周邦彥詞，即被認為是唐詩、宋詞中取得集大成藝術成就的典範之作。金庸小說在繼承中國傳統小說的寫作手段、修辭手法、結構和結局方式等，都是全面的，而且有獨創性的成就。如小說中插入詩詞以增強表現力；如結局既有喜劇性的（大團圓式的）、悲劇性的、正劇性的（悲喜交集或無悲無喜），也有不確定性的（或迷茫性的），像《雪山飛狐》這樣的結局。又如金庸的作品貫徹了文氣說、妙悟說、神韻說、意境說等所有傳統美學的重要理論。金庸小說有氣勢、有氣象、有生氣，充溢著浩然正氣等等，體現了「文以氣爲主」、生氣貫注的美學理想；描繪景色和描寫人物外貌皆以傳神、簡約、平淡自然爲尙；表達理念和主旨，皆如鏡花水月，且言有盡而意無窮，有妙悟之旨；情景交融、借古人之境界爲我之境界等，皆貫徹了意境說的美學原理。金庸小說集中國文化之大成，集中國文學之大成，體現中國美學之大成，這個貢獻是卓著的。

康德在《判斷力批判》中建立了他劃時代的天才說，其主要的論點爲：

> 天才(1)是一種天賦的才能，對於它產生出的東西不提供任何特定的法規，它不是一種能夠按照任何法規來學習的才能；因而獨創性必須是它的第一特性；(2)……天才的諸作品必須同時是典範，這就是說必須能成爲範例的。它自身不是由模仿而產生，而它對於別人卻須能成爲評判或法則的準繩。(3)它是怎樣創造出它的作品來的，它自身卻不能描述出來或科學地加以說明，而是它（天才）作爲自然賦予它以法規……(4)大自然透過天才替藝術而不替科學訂立法規，並且只是在藝術應成爲美的範圍內。❽

康德以上四則論點極為精闢。以此對照，第一，金庸小說雖然全面繼承中國傳統文化和文學的精華，吸收西方文化和文學的精華，要寫出金庸小說全集顯然靠的「不是一種能夠按照任何法規來學習的才能」，而是天縱之才「一無依傍，自鑄偉辭」的獨特創造，獨創性無疑是它的第一特性。第二，金庸小說作為天才之作，絕對是中外武俠小說的典範，二十世紀世界文學的典範之一，成為世界文學史上的一個範例。金庸小說自身不是由模仿產生是顯而易見的，「它對於別人卻須能成為評判和法則的準繩」也是必然的。以後的優秀武俠小說、優秀長篇小說，學術界和讀書界在評論、欣賞時，必然會將之與金庸小說相參照、相比較，金庸小說所取得的思想藝術成就，自然成為評判和法則的準繩之一。

第三，對於金庸小說怎樣創造出來的，金庸本人無法描述或科學地加以說明，因為其中充滿了眾多靈感和神來之筆，的確只能說是天才「作為自然賦予它以法規」。照金聖嘆評批《西廂》的說法是「天地現身」❾，即代天地、自然立言，也是時代氣運的產物。即如王國維所說的是「天實縱之」之才，所寫作品「純是天籟」。

第四，大自然透過天才替藝術而不替科學訂立法規。科學只能發現並遵循客觀規律，而不能創造規律。藝術則相反，本無既定之法規，全靠天才的創造、發現和確定藝術創造的法則和規律，供後人學習和參照。但天才傑作所樹立的標準和法規，是大自然透過天才確立的，而非天才純粹個人之所能，因為天才必須悟透宇宙人生，全面繼承前人取得的成就，才能寫出傑作，並以傑作的藝術特點和成就樹立法規。金庸小說也確是如此。

王國維先生對天才、大家之作確立了幾條明確的標準。

其一爲「有意境」，或曰「有境界」。他說：詩詞戲曲「最佳之處，不在其思想結構，而在其文章。其文章之妙，亦一言以蔽之，曰：有意境而已矣」。又說：

> 何以謂之有意境？曰：寫情則沁人心脾，寫景則在人耳目，述事則如口出是也。大家之作，其言情也必沁人心脾，其寫景也必豁人耳目，其詞脫口而出，無矯揉妝束之態。

這個標準是非常高的，王國維的論著中所肯定的中西有意境的大家並不多。將金庸小說對照王國維的這條標準，無論寫感情、寫景物、寫故事和其文筆，都符合這條標準，並且達到情景交融、情景事交融的完美境界。

其二，古今之成大事業大學問者，必經過三種境界。「昨夜四風凋碧樹，獨上高樓，望盡天涯路。」此第一境也。「衣帶漸寬終不悔，爲伊消得人憔悴。」此第二境也。「衆裡尋他千百度，驀然回首，那人卻在燈火闌珊處。」此第三境也。

金庸先生著書生涯，經歷了慘淡經營的三種境界。王國維又說：「此有文學上之天才者，所以又需莫大之修養也。」[10]

金庸先生作爲學者和文學家，讀懂讀通中國文史哲經典之作，包括佛經著作，精通西文，閱讀與熟悉西方名著；作爲政論家，閱讀和熟悉政治、經濟、法律等各種學科的著作，熟悉世界大勢和時事，無疑具有莫大之修養。

其三，「天才者，不失其赤子之心者也。」⓫又說：

三代以下之詩人，無過於屈子、淵明、子美、子瞻者。此四人者苟無文學之天才，其人格亦自足千古。故無高尚偉大之人格，而有高尚偉大之文學者，殆未之有也。

天才者，或數十年而一出，或數百年而一出，而又須濟之以學問，帥之以德性，始能產眞正之大文學。此屈子、淵明、子美、子瞻等所以曠世而不一遇也。⓬

赤子之心指歷經憂患、親睹滄桑，思維成熟、高瞻遠矚、性格堅韌不拔，處事老練世故，卻依舊能保持童心中天眞、摯著、純潔、樂觀的優秀品格，持眞誠、眞摯的處世態度和創作態度。德性、高尚偉大之人格指憂國愛民。金庸先生崇尚民主，批判暴政，在香港回歸過程中貢獻智力，其小說中憂國愛民之熱腸隨處可見。

其四，「堂廡特大」，「悲天憫人」，「儼有釋迦、基督擔荷人類罪惡之意。」⓭

唐圭璋先生評李煜詞時引用王國維的這個論斷，認爲李煜詞「寫人世茫茫，衆生苦惱，尤爲沉痛。後主詞氣象開朗，堂廡廣大，悲天憫人之懷，隨處流露。王靜安謂：『道君不過自道身世之戚，後主則儼有釋迦、基督擔荷人類罪惡之意。』其言良然」⓮。此指文學家的胸懷極爲寬廣，對衆生之苦惱能看深看透、深切體會，並抱極大的同情之心。金庸小說在描繪醜惡、凶惡的人物時，也不用尖刻狠惡的手法和語彙，作者一面持深惡痛絕的正義態度，另一面仍有惋惜、進行合理剖析，以此警戒世人的心意，有挽救人心的美意。

其五，天才之作是壯美和優美結合的完美之作。王國維引進康德的壯美優美理論，並作出自己的闡發：

> 而美之爲物有二種：一曰優美，一曰壯美。苟一物焉，與吾人無利害之關係，而吾人之觀之也，不觀其關係，而但觀其物；或吾人之心中，無絲毫之欲存，而其觀物也，不視爲與我有關係之物，而但視爲外物，則今之所觀者，非昔之所觀者也。此時吾心寧靜之狀態，名之曰優美之情，而謂此物曰優美。若此物大不利於吾人，而吾人生活之意志爲之破裂，因之意志遁去，而知力得爲獨立之作用，以深觀其物，吾人謂此物曰壯美，而謂其感情曰壯美之情。⓯

他認爲《紅樓夢》即優美與壯美結合、並以壯美爲主的宇宙之大著述，並進而指出，在壯美之中，「此物既與吾人有利害之關係，而吾人欲強離其關係而觀之，自非天才，豈易及此？於是天才者出，以其所觀於自然人生者復現之於美術之中。」⓰

像《紅樓夢》一樣，金庸小說也是優美壯美皆具而以壯美爲主的天才作品。金庸小說中的武技、部分景物描寫是優美部分，部分景物描寫和淡化性愛、否定世俗之名利是壯美部分。王國維又譯引歌德之詩：「凡人生中足以使人悲者，於美術（即藝術）中則吾人樂而觀之。」「此即所謂壯美之情。而其快樂存於使人忘物我之關係，則固與優美無以異也。」金庸小說頗多悲劇性結局，其所描寫人物之命運，亦多悲劇性結局，也即頗多壯美之情。讀者在欣賞金庸小說時，沉浸之情使人忘懷一切，其魅力非大家不能爲。

現代學術界對偉大文學作品的要求是，具有時代精神、民族精神和人類精神。金庸小說寫出「權力產生腐敗」（嚴家炎語）、反對個人迷信和封建專制思想，十分符合二十世紀的中國時代精神。《神鵰俠侶》描寫的抵禦蒙古入侵的襄陽之戰，《鹿鼎記》描寫的擊敗俄國入侵黑龍江的戰爭和康熙平定三藩之亂的軍事行動，反映中華民族抵禦外侮、維護國家統一的民族精神。小說中英雄人物急公好義、助人爲樂、嫉惡如仇的品質，充分反映中華民族的傳統友愛精神和鬥爭精神。至於《書劍恩仇錄》中歌頌漢回民族團結，《天龍八部》蕭峯反對遼宋之戰，提倡人道、和平和民族團結互助，無疑切合人類精神，給人們以很大的啓示。整個二十世紀，世界上民族爭端、戰爭不斷，金庸在小說中的思考是深刻的。

站在當今的思想高度，縱觀世界文學史，偉大的天才傑作幾乎都不同程度地具有超現實的神秘主義色彩。二十世紀的文學，生命意識及神話——原型批評與創作十分興盛，追求人類和宇宙的終極指歸，超越了當今科學的層面。二十一世紀世界哲學的發展方向也是如此。二十世紀中國最傑出的哲學史家和哲學家馮友蘭先生指出：中國哲學比西方哲學更神秘一些，西方哲學比中國哲學更科學一些，世界哲學的今後發展方向應該是科學和神秘相結合。哲學是文學的指導。二十世紀和二十一世紀衡量文學的天才

傑作之重要標準之一，即神秘主義與現實主義、浪漫主義的結合。風靡世界的拉丁美洲魔幻現實主義作品即如此，被譽爲中國現代長篇小說經典的《白鹿原》也如此。金庸小說中道釋兩家的神秘文化、氣學武功中的神秘文化，隨處都有，且寫出其奪目的光彩。

綜上所述，金庸武俠小說是天才之傑作，其所達到的偉大藝術成就，已成爲武俠小說中不可逾越的高峰。像古希臘悲劇、莎士比亞戲劇和《紅樓夢》一樣，不可無一，不可有二。即後人只能另闢蹊徑，另創新路。此因一個時代有一個時代的文學，後世無法重複；再則前人已達極致之作，後人無法超越。即使再寫武俠小說，也只能另求變化。否則至多寫出名作，不能成爲劃時代的頂峰之作。

金庸武俠小說像任何天才創作的宏篇巨著一樣，具有集大成、全方位、多義性的特點，內涵深沉隱秘，因此研究者盡可作多角度、多層次的發掘，有永遠難以說完的話題。因此，「金學」之產生，乃爲必然。

四、在中國和世界文學史上的崇高地位

金庸武俠小說取得如此重大的成就，是典型的天才巨著，因此在中國和世界文學史上占有崇高的地位。

首先，金庸小說是中外文學史上武俠小說的唯一典範之作。

前已分析，中國古代描寫武俠題材的名著有《史記．游俠列傳》、唐代傳奇和《水滸傳》。但《史記》畢竟是史學著作，而且〈游俠列傳〉和唐代傳奇都篇幅很短；《水滸傳》中的俠義部分，內容也不占主要地位，其主旨是表現逼上梁山的過程，並非是典型的武俠小說。

西方的武俠小說，通稱騎士文學。西班牙和歐洲諸國的騎士小說都未取得較大成就，只有西班牙塞萬提斯反騎士的長篇小說《唐．吉訶德》，成爲經典著作。英國司各特的俠義小說《艾凡赫》等，武俠描寫不夠精彩，因此被確立爲西方歷史小說祖師的地位。俄國普希金《葉甫蓋民．奧涅金》中的主人翁、萊蒙托夫《當代英雄》中的畢喬林等，被稱爲「多餘的人」，學術界也不作武俠小說看待。大仲馬的名著、美國描寫開發西部的名著，雖有俠義形象的塑造，但未臻世界一流，屬於通俗文學的水平。

西方以拳擊、擊劍、摔跤、擒拿爲主要內容的武技，遠不及中國之武術，日本的柔道、空手道等也如此。從電影《蘇洛》中，我們可見識和領略西方劍術的凶狠、精妙，但比之於中國，變化、力量皆差得極遠，尤其未能有中國武技之斛斗、飛腿、騰空之神奇，更缺乏氣學作根本之支撐。巧媳婦難爲無米之炊，西方武打不夠驚險、神奇、複雜和精美，作家的確難以寫出優秀的武俠小說。

於是金庸小說便成了迄今爲止中外文學史上唯一的武俠小說之經典。

第二，金庸小說是全面繼承和弘揚中國傳統的典範。

賽珍珠在三〇年代獲得諾貝爾文學獎時，她在頒獎儀式上發表的講話一再強調是中國文化和中國小說哺育了她，她要深表感謝；同時批評二十世紀的中國文學家丟掉自己的光輝遺產，全盤西化，筆者有

〈論賽珍珠和中國文化〉一文詳加評論⑰，此不展開。她因此而開罪於以魯迅爲首的整個中國進步文學界。但她講的是眞理，她是正確的。金庸先生也有類似批評，而他本人的創作實踐，正如本文前已論述的，是全面繼承和弘揚中國傳統文化的典範。

第三，金庸小說是學習和融會西方文學、文化的典範。

金庸小說雖以傳統文化爲基礎，但並非死守國粹，而是對傳統文化中的不足和糟粕有反思、有批判。同時，引入西方的自由、民主、平等、博愛的進步思想，不著痕跡地貫串在形象描繪之中。在藝術上也汲取西方文藝的方法和手段。如戲劇性的突變、震驚式的情節設計，戲劇性的或電影蒙太奇式的情節結構，以《雪山飛狐》爲典型的不確定性結尾，以及細節描寫的豐富性，等等。尤妙在水乳交融、天衣無縫般地將中西技巧和描寫手段有機結合，從而取得極高的藝術成就。這充分體現了二十世紀已有開端，二十一世紀必將確立的世界文化多元並存、對立互補的宏偉格局，金庸小說於此得時代風氣之先，厥功甚偉。

綜合本文以上的論述，可見金庸武俠小說是二十世紀中國和世界文學領域的領先之作。換言之，金庸小說的偉大藝術成就與諾貝爾文學獎的獲得者和未獲得者中的上乘之作可相媲美，金庸是目前在世的華人作家中夠得上諾貝爾文學獎水平的優秀作家。

當然，天下並無十全十美的人事物，文學作品也無絕對完美之作。我們可以從金庸小說中找出缺點或不足，有的還是「胎裡毛病」，是無法修正的，金庸本人謙虛謹愼、自視甚嚴，也是自認不諱的。另一方面，文運也難以捉摸。因爲評委難免偏頗，中文西譯極難，加上西人尙未達到欣賞理解中國優秀藝術的水平，金庸能否獲更大殊榮，還只能說成事在天。但這並不影響金庸武俠小說的總體成就和崇高地位，其傑出藝術成就早晚必將爲世界學者和讀者所共識。

衷心祝願金庸先生能健康長壽，隨緣寫作，並多談自己的心得和體會，以嘉惠士林與後學。

注釋：

❶沈利華：〈寄語〉，《金庸研究》創刊號。

❷周錫山：〈論藝術之高雅與通俗〉，上半篇刊《阜陽師範學院學報》一九九四年第三期，下半篇刊《上海文化》一九九四年第三期。

❸刊《金庸研究》第三期。

❹刊《上海戲劇》一九九七年第二期。

❺馮其庸：〈《金庸研究》敘〉，《金庸研究》創刊號。

❻刊《外國文學研究》一九九二年第二期，中國人民大學同名權威刊物一九九二年第七期轉載。

❼拙編：《金聖嘆全集》第一冊第一九頁。

❽《判斷力批判》中譯本上卷第一五三至一五四頁，商務印書館，一九八五年版。

❾拙編：《金聖嘆全集》第三冊第十頁。

❿拙編：《王國維文學美學論著集》第三五五、二六頁，北岳文藝出版社，一九八七年第一版。

⓫同上第六三頁。

⓬同上第二六頁。

⓭同上第三五三頁。

⓮唐圭璋：《唐宋詞簡釋》第三五頁，上海古籍出版社，一九八一年第一版。

⓯〈紅樓夢評論〉，拙編《王國維文學美學論著集》第四頁。

⓰同上第三頁。

⓱刊《中國文化與世界》第三輯，上海外國語大學・上海外語教育出版社，一九九二年第一版。

江湖・奇俠・武功——武俠小說史上的金庸

林崗

一

武俠小說是通俗的文類，常人以爲不入大雅之堂，但它難入大雅之堂並不意味著它不值得玩味深思。例如它比起某些現代的文學體裁——如新詩、話劇——更有「國粹」的特質。我們很難想像英語文學會產生武俠小說這一文類，就像我們很難想像漢語文學會產生推理小說一樣。中國文學與外來文學的密切接觸算來已有一個世紀，許多體裁形式都被引進來，有的還開了花，結了果，但卻不曾見稍有影響的漢語推理小說問世；中國文學也被介紹到各國去，但武俠小說的讀者始終在華人文化圈內，局外人難尋其中之味，說它是文學上的「國粹」，一點都不過分。它從內容到形式與民間文化、文學傳統、漢語特質等中國文化存在密切的關係。它本身已經同這種文化水乳交融地打成一片，構成這種文化的通俗表達。

武俠小說作爲一種文類，成熟於清末民國年間。但如果說到武俠之所以爲武俠的特徵，它就源遠流長了。比如「俠義精神」和俠士的武功，唐傳奇就有比較初步的表現。《水滸傳》某種程度上也有「武俠味」，清代的俠義公案小說，就是後來武俠小說的前身。但是，任何一種文類必得等到自身的特質因素比較成熟定型了，才能夠自創門戶，自成一格。剛剛形成的胚胎，究竟不能當作日後的生命個體。正如唐傳奇中的聶隱娘，不能被當成武功蓋世的大俠，因小說並沒有多少筆墨寫她的武功。《水滸傳》雖有「武俠味」，但仍然不能被當作武俠來讀，因「官逼民反」、「替天行道」的英雄故事畢竟易於將讀者推回到現實中來。依筆者的看法，武俠作爲文類的特質因素在清末、民國年間算是定型了。若干大手筆的苦心經營和錘煉，對武俠的定型和貢獻是不可磨滅的。例如清末的文康，民國年間的平江不肖生、王度盧等人，特別是還珠樓主，他們的文才不一，水平也有差異，但他們的創作對推動武俠小說最終形成自己的文類規範，貢獻不少。

那麼，武俠小說到底有哪些屬於它們自己文類固有的特質因素呢？筆者認爲，綜合言之有三：江湖、奇俠、武功。這三者是武俠的神髓，是武俠之所以爲武俠的根本所在。江湖是俠士藉以展開復仇、逐鹿、尋訪武功秘笈等英雄行爲的虛擬「社會環境」。它來源於講述中古及近晚社會的幫派、鏢行、秘密社會的故事的說書傳統和書面文學，取材於這些下層社會的活動。但是，武俠中的「江湖」絕不是鏢行、幫派、秘密社會的寫實「演繹」。已經有歷史學者指出，武俠描寫出來的鏢行與歷史上的鏢行實在差別太大❶。如果我們稍微熟悉中國的行幫、秘密社會的史實掌故，也可以知道武俠小說中的行幫、秘密社會與它們並不是一回事。一爲史實，一爲小說家的取材。小說家取它們爲材，做成一個藉以展開故事的「套路」，形成具有武俠特徵的「江湖」。奇俠也是只有武俠小說才可以一見的人物形象。在其他類型的小說中，我們找不到如此著意經營的「俠」的形象。武俠作家無不以寫出自己心目中的「俠」爲使命。奇俠人物也和現實生活中的武林高手相去甚遠。稍有心思的武俠寫手，不但寫出筆下大俠的「英雄氣概」，而且亦使之兼具「兒女柔腸」。至於武俠小說中的武功，很容易使人聯想起歷史悠久的中國功夫。假如中國沒有這一獨特的國粹，讀者恐怕也不會讀到武俠小說。但是，武俠小說中的武功比起現實的功夫，神奇何止十萬八千倍。奇俠們的神奇武功簡直令功夫高手自慚形穢。耐人尋味的是，武俠小說的作者只有少數人略微懂得武功。被稱爲民國武俠小說十大家的還珠樓主、王度廬、向愷然、趙煥亭、文公直、姚民哀、顧明道、宮白羽、鄭證因、朱貞木，其中只有鄭證因和向愷然略識拳腳❷。而還珠樓主頗熟武林掌故，但講到拳腳恐怕仍然是外行。如果給他們一個機會，具體演練一下描寫到的武功招式，這些武俠寫手一定連自己都不知道筆下的神奇招式是怎麼一回事。因爲它們只是語言文字的魅力，可以訴諸想像而不能形諸實際。儘管江湖、奇俠、武功這武俠小說三大程式與它們取材或淵源所本的現實事物有極大的差距，但它絲毫不減武俠小說的魅力。現實事物和武俠文類規範之間存在差異，這正說明了武俠小說在自己演變的歷史中，逐漸脫離它在題材、人物等方面的寫實痕跡，形成標明自身爲通俗文類的特質。武俠小說家的任務就是著意經營開掘江湖、奇俠、武功這三大程式。它們彷彿一個舞台，提供給有志於武俠的寫手，盡情發揮他們的天賦文才。

衆所周知，通俗文學與純文學的顯著區別之一，就是通俗文學一定存在一些類型化的程式套路，而純文學則沒有那些規範了的程式。就像神魔小說有神魔小說的程式套路，偵探小說有偵探小說的程式套路那樣，而純文學則不能以類型化的角度去看待。武俠此一通俗文類，它的套路就如上文所講的「江湖」、「奇俠」、「武功」。離開了這三大套路，不走這類型的程式，就不是武俠小說。多少沾一點江湖的邊，人物有一星半點俠義，行爲略顯多少武功，就是帶有武俠味的小說。當然程式套路對任何一個作家來說，都不是一條毫無伸展餘地的羊腸小道，而是一個有規範限制的文學舞台。寫手一方面要受套路的限制，不能離開江湖去表現他筆下的俠士，不能將俠士寫得如逼肖凡人的角色，不能寫得他筆下的俠士毫無三拳兩腳的功夫。這些套路規範了武俠小說在場景、人物、故事、語言運用等方面的基本取向，但另一方面，程式套路並不意味著束縛作者的手腳。各人筆下的江湖可以各有不同，各位奇俠的性情行事更是千差萬別，十八般武藝又是各有千秋。在共通的程式套路之下顯示出不同的面目，正體現了武俠寫手們的筆墨才華。武俠名家正是這樣「戴著腳鐐跳舞」❸。

武俠小說習慣上分新、舊派❹。民國年間的屬舊派武俠，五〇年代之後的是新派武俠。金庸的武俠無疑是新派的代表。舊派武俠所處的民國年間，武俠創作異常活躍。史家以「武俠狂潮」四字來形容。據統計那時武俠小說作者多到一百六十八人，成書六百八十餘部❺。當然眞正有質量能流傳後世的武俠名家是不多的。上文提到的還珠樓主、向愷然、王度廬、顧明道等人已是舊派中的翹楚了。其中還珠樓主的成就最大，他的《蜀山劍俠傳》最有武俠味。他對武俠文類多有開拓。金庸爲代表的新派武俠繼承了舊派武俠的衣缽，而又有很大的創新。金庸從一九五五年開筆寫《書劍恩仇錄》直到七二年《鹿鼎記》

寫成封筆，其間十八年，成書十五部。他將每部書名頭一個字綴成一幅對子：「飛雪連天射白鹿，笑書神俠倚碧鴛」。金庸武俠大大擴展和深化了江湖、奇俠、武功這三大程式，幾乎在每方面都有別出心裁的獨創。他將嚴肅的人生體驗、佛教睿智甚至政治見解，融入武俠這一通俗文類之中，大大提升了武俠小說的品味，在嚴肅與通俗之間作了一個有意味的溝通。金著的新派武俠實在當得起雅俗共賞這一讚語。因爲他將「雅」的方面「俗」的方面共同融鑄在小說之中。在撲朔迷離的江湖中可以看出現實社會的「影子」；而各懷絕技的武林高手的遍歷則透視出人生的磨難和智慧的成熟；荒誕奇幻的武功在語言文字魅力的後面隱藏著中國文化哲理。金著的武俠有其精深博大的文化內涵，在新派武俠當中至今無人匹敵。當然，我們不可忘記精深博大的文化內涵是存在於通俗文類的形態當中的。從文學批評的角度，離開了「雅」和「俗」的任何一面，都不可能求得金著武俠和正確讀解。因爲作者運用通俗文類進行寫作的基本著眼點是嚴肅意味的通俗演繹。

二

「江湖」一詞看似淺顯，但實有可供玩味的深意。按辭書的說法，「江湖」是一個地理名詞，原指長江與洞庭湖，或泛指有水網平原特徵的三江五湖。然而江湖在實際使用中詞義發生變化，由地理名詞演變爲文化名詞❻。今天除了「江河湖海」一詞中的「江」、「湖」還有地理含義外，在歷史記載和詩文中，「江湖」已很少地理含義。它的使用總是伴隨特殊的情景，或者因爲避禍全身，或者因爲逃遁隱匿，或者追求放浪形骸無拘無束。這時理想的歸宿總是「江湖」。《史記・貨殖列傳》記范蠡助勾踐雪「會稽之恥」後，窺破勾踐「可與同患，難與同安」的性格，「乃乘扁舟浮於江湖」。這裡「江湖」的含義，既有五湖的意思，但更重要的是超然避世縱情適意的「自我世界」的文化意味。高適詩讚「天地莊生馬，江湖范蠡舟」（〈古樂府飛龍曲留上陳左相〉）就是這個意思。「江湖」一詞有時也在落魄、落難，不能實現「入世」志向時使用。杜甫「欲寄江湖客，提攜日月長」（〈豎子至〉），杜牧「落魄江湖載酒行，楚腰纖細掌中輕」（〈遣懷〉），黃庭堅「江湖夜雨十年燈」（〈復黃幾復〉）。文人墨客時運不濟，命途多舛，不能「入世」，被迫流落「江湖」，不免長吁短嘆。於是「江湖」便有了與「入世間」不同的「出世間」的意味，意指那個與「廟堂」、「魏闕」相對的天地。范仲淹〈岳陽樓記〉將「廟堂」與「江湖」並舉，「居廟堂之上，則憂其民；處江湖之遠，則憂其君。」在文人的理想中似乎存在兩個天地，一個是廟堂、朝廷，它遵循「君臣父子」的規範，於是有功名利祿的好處，但也有磕頭作揖的麻煩；另一個就是「江湖」，身在「江湖」無拘無束，遺世獨立，瀟灑做人。但無名無祿，於是落魄的避難地就被稱作「江湖」。入世仕進建功立業，人皆所欲，但不得已的時候，畢竟有一個可以「退而求其次」的「江湖」。

把人生活動的天地想像成有「入世」與「出世」之分。存在著「廟堂」與「江湖」的對立，這基本上是一種古代的世界觀。直到近代社會紅塵滾滾的世俗化淹沒了古代的人生天地的兩極對立之前，「江湖」作爲人生活動的另一天地，爲那些寫豪俠小說的文人提供了一個想像的源泉和靈感的天地。不過有趣的是由唐到晚清這段期間，那些描寫俠客活動的豪俠小說，並不著意營造人物活動背景的那個「江湖」。它們的立足點是刻畫俠客的形跡，而這些小說的「武俠味」，主要是由與凡人不同的另類人「俠客」的獨特個性傳達出來的，如被譽爲豪俠第一篇的唐傳奇《虬髯客傳》，其突出之處是透過「紅拂夜奔」、「旅舍遇俠」、「太原觀棋」三個場面，塑造「風塵三俠」尤其是虬髯客的形象。把俠客作爲一種異人，即具有神秘本性與技能的人來寫，並不注重人物活動場所、人物關係等背景的因素。勉強說，「江湖」在豪俠小說中僅有一個雛形。又如對後世武俠有很大影響的《水滸傳》，好漢們聚集一起謀劃「替天行道」的八百里水滸和忠義堂，能被看作是武俠意義的「江湖」嗎？寫實筆法描繪出來的「水滸天地」，毋寧看作與朝廷相對的隱形權力中心。衆好漢志不在「水滸」而只是身在「水滸」。後世的奇俠身在江湖，志也在江湖。

「水滸」與「江湖」既有形的不同，也有質的不同。清末以前的豪俠小說，「江湖」只是被營造出來的俠客活動的很初步的背景。不過讀者也看得出來，豪俠小說的背景刻畫逐漸形成自己獨特的氛圍：遠離官府和王法管治的民間，人物關係存在於個人武力的緊張之中，事件的發生籠罩著神秘氣氛等等。這些都說明豪俠的「江湖」源自文人「退而求其次」的那個「江湖」。但文人的「江湖」沒有豪俠的「江湖」那麼多殺伐之氣。文人的「江湖」是自我和靜態的，而豪俠的「江湖」則免不了仗劍行俠的刀光劍影。事實上，作爲古代人生理想另類天地的「江湖」，隨著社會的世俗化進程崩潰消失之際，武俠小說那個想像和虛構的「江湖」才最終成形。在現實社會中無處覓江湖的時代，「江湖」才眞正出現在一個想像和虛構的世界裡。一方面，唐以來豪俠小說借用了文人文化中「江湖」的意念，另一方面又賦予「江湖」一些獨特的特徵與含義，作為文學虛構人物活動的背景。晚清以後的武俠小說在此基礎上繼續擴展「江湖」含義，終於創造出一個絢爛的武俠天地。

清末文康《兒女英雄傳》對武俠境界的開拓是多方面的。例如民國武俠大都採用那種武功蓋世兒女情長的「劍膽琴心」模式，莫不出自文康首創的「兒女——英雄」模式：

這「兒女英雄」四個字，如今世上人，大半把他看成兩種人，兩樁事：誤把些使氣角力好勇鬥狠的認作英雄，又把些調脂弄粉斷袖分桃的認作女兒：所以一開口便道是某某英雄志短，兒女情長；某某兒女情薄，英雄氣壯。殊不知有了英雄至性，才成就及兒女心腸；有了兒女眞情，才作得出英雄事業。（〈緣起首起〉）

無論文康怎樣拉出「忠孝節義」、「人情天理」的大道理來壯「兒女——英雄」模式的門面，亦無論小說基本情節如何安排了金榜題名、夫榮妻貴的庸俗結尾，剝除了生硬配進去的「人情天理」、「忠孝節義」，正是「俠烈英雄」與「溫柔兒女」的「拉郎配」，才創造了近世武俠的基本情節模式。這個模式最適合都市讀者的趣味。在「英雄氣壯」、「兒女情深」的情節安排下，文康十分注意刻畫那個故事發生的「江湖」背景。荒郊、野店、山林、鄉間、古寺，配合凶僧、歹徒、淫賊和神秘女俠等角色，表演一連串的行客落難、陰謀劫財、殊死搏鬥、復仇殺賊的好戲，文學的虛構世界就是這樣離開了日常的平凡世

界。在那個屬於兒女英雄的「江湖天地」，讀者感受不到灑掃應對等日常世界的那種逼真，而只能滿足於一個詞語構築的想像空間。文康細膩曲致的文筆，使小說的景物、角色、行為無不充滿武俠小說的那種「江湖味」。以小說寫得最精彩的「大戰能仁寺」一段（第五至六回）為例，看文康怎樣描寫那座能仁寺：

> 安公子在馬上定了定神，下來，口裡嘆道，「怎麼又岔出這件事來！」抬頭一看，只見那廟好一座大廟，只是破敗得不成個模樣。山門上是「能仁古剎」四個大字，還依稀彷彿看得出來。正中山門外面，用亂磚砌著，左右兩個角門，盡西頭有個本門，也都關著。那東邊角門牆上卻掛著一個木牌，上寫「本廟安寓過往行客」。隔牆一望，裡面塔影沖霄，松聲滿耳，香煙冷落，殿宇荒涼。廟外有合抱不交的幾株大樹。挨門一棵樹下放著一張桌子，一條板凳，卓上晾著幾碗茶，一個線笸籮。樹上掛著一口鐘，一個老和尚在那裡坐著賣茶化緣。（第五回）

荒涼破落的古剎配上一個賣茶的和尚，而和尚哪裡是在賣茶！分明是在等待「獵物」，引誘過路行客上鉤。配上前文提到此地名喚「黑風崗」，安公子走著走著聽見千年老樹上貓頭鷹長嗥一聲，僕人傻狗罵騾子，「等著今兒晚上宰了你吃肉！」一語雙關。表面平靜的野村古剎充滿殺伐之氣，短短數筆便襯托得躍然紙上。這正是處處陷阱的武俠「江湖」的特點。

民國以後，作為文人文化理想的「江湖」已經被世俗的塵囂所淹沒，世間已無可供范蠡泛舟的江湖。由於武俠寫手們的不懈努力，「江湖」這專利已被武俠寫手們奪得。它成為了武俠虛構世界的專有名詞。舉凡荒漠、崇山、懸崖、峻嶺、險灘、密林、野店、古刹、道觀等等，是這個虛構世界的地域符號；而凶僧、殺手、淫賊、劍客、女俠、武林高手等則是這個虛構世界的角色；劫財、獵色、追凶、復仇、尋訪秘笈、修鍊武功、體悟大道等就是這個虛構世界發生的事件。三者聚合統一便是武俠的「江湖」。民國年間的武俠作家無不致力於各自筆下的江湖。「江湖」一詞從此專屬於武俠。許多武俠小說甚至以「江湖」一詞作書名，突出自己的形象以招徠讀者。平江不肖生最喜用「江湖」一詞作書名，如《江湖奇俠傳》、《江湖大俠傳》、《江湖怪異傳》等，趙煥亭有《江湖俠義英雄傳》，何一峰有《江湖廿八俠》、《江湖歷險記》，姚民哀有《江湖豪俠傳》、《秘密江湖》，張冥飛有《江湖劍客傳》，達到了無「江湖」不成武俠的程度。

明白「江湖」為武俠寫作的程式套路是一回事，能在這一程式下有所創新又是另一回事。真正對「江湖世界」有開拓性成就的作品為數甚少。顧明道的《荒江女俠傳》名氣頗大，但除了「琴劍模式」有可道之處外，文筆粗糙，依靠編造的追凶殺賊的單調重複情節充塞篇幅，頗有名不副實之譏。依筆者的眼光，講到江湖境界的營造，舊派武俠中非平江不肖生與還珠樓主莫屬。平江不肖生一生寫過十四部武俠，以《江湖奇俠傳》最為可觀。他擺脫邪正兩極相互殺戮為情節構成的基本線索的做法，轉而將筆調的刻畫放在了幫派關係之內。小說敘崑崙、崆峒兩派爭奪水陸碼頭為基本線索，不時穿插與主線無關的枝蔓，有喧賓奪主、結構散漫的弱點。但傳奇色彩強烈，尤其鋪敘幫派門戶之爭，在武俠小說的角色設計上是一個突破。此書被譽為「第一部以演敘武林門戶之爭的長篇武俠小說」❼。角色分派的變化帶來人物關係的變化，人物的變化就有可能使作家在「江湖」上做出更多的文章。平江不肖生對江湖境界的營造對金庸有正面的影響。還珠樓主一生創作有目錄可查的有三十六部之多，而有傳世價值的還是那部洋洋五百萬言的《蜀山劍俠傳》。此書用筆奇偉，氣勢磅礴，特別長於烘托浪漫奇幻的氣象。一方面它的的確確是幻想虛構的武俠江湖天地，另一方面這個荒誕的江湖又有某種隱喻人間的「象外之意」。他將佛道思想引入劍仙世界，徹底排除了清末武俠的那種陳腐的儒家觀念的外殼，使「江湖天地」更加純淨，純淨中那種隱喻意味才能體現出來。毫無疑問，金庸武俠許多地方都是從還珠樓主那裡吸取了靈感與創意的。白先勇有一段話並沒有言過其實，他說《蜀山劍俠傳》「眞是一本了不得的巨著，其設想之奇，氣派之大，文字之美，冠絕武林」❽。總的來說，「江湖」作為武俠小說程式之一，在國民武俠中已經定了型，從背景、角色、活動諸方面已經規定這個虛構世界的特徵，使它明顯區別於純文學的那種環境人物關係的創造，也區別於言情、偵探等通俗文類的背景營造。同時，也有少數武俠作家筆耕於通俗文類而能突破平庸，提升「江湖天地」本身的藝術品味。

金庸武俠之寫江湖，繼承了舊派武俠對這個虛構世界的刻畫描繪，其中的地域氣氛、武功人物的種種形跡、幫派門戶之間的關係所構築出來的那個「江湖」，與舊派武俠相比並無根本不同。但兩者都有藝術品味上的差異。武俠小說家的眼光常常體現在他筆下的那個江湖世界之中。它不僅關乎文筆的優劣，而且更關乎人生體驗的深淺、做人境界的高低。以武打的場面為例，假如作者有一支妙筆，鋪陳文采，形容生動，就能夠娛樂讀者，有相當不錯的「武俠味」。但他僅有此妙筆寫江湖卻不行。因爲它涉及到人物布局，作者根據什麼意圖設計人物關係，以什麼命運賦予人物歸宿，這不僅是文筆，而是體驗和品味的問題，這就非考驗作家的眼光不可。大多數武俠小說品味不高，就在於它們的江湖世界僅寫出了虛構的娛樂趣味，而缺少這個虛構世界的隱喻意味。金庸是一個不甘心於純粹娛樂讀者的人。在運用通俗文類寫作的同時，他總想把一些對人性的嚴肅洞見，對中國歷史的觀察等帶入「武俠的天地」。特別六〇年代以來，幾乎每部武俠，都要寄寓一些嚴肅的思考。金庸的努力彷彿要拿武俠這一文類來作實驗，看看它在多大程度上能夠容納對社會人生的嚴肅觀察。金庸的這種文類實驗精神和探索的勇氣在武俠小說寫手中是不多見的。正是由於他的努力，提升了武俠小說的品味，使武俠小說能夠表現的範圍大大擴展了，居然在沉迷自娛之餘，還有令人回味深思的隱喻意味，掩卷深思不得不佩服他駕馭通俗文類的能力。

金庸捉筆弄武俠之初，並沒有這般心思。早期武俠《書劍恩仇錄》、《碧血劍》還較多地沿襲舊派武俠的舊套，對江湖境界的開拓猶未見新意。《書劍恩仇錄》中乾隆與紅花會陳家洛的關係圍繞「恩仇」來展開，恩仇故事可以說是武俠的老套子了，而探明自家身世的情節框架，與民間傳說無異，沒有什麼寄託。值得注意的是小說中某種哲理的意味。乾隆臨別贈陳家洛八個字「情深不壽，強極則辱」常被評論提及❾。這當然是作者對人生的體驗。但這種哲理是外在於人物與故事的，它並未融入人物性格和人物關係之中，顯示作者對通俗文類的把握還處在與舊派武俠相差無幾的水平，但人生識見則頗有超邁獨特之處。日後金庸勤奮經營，《天龍八部》、《笑傲江湖》、《鹿鼎記》諸書終於創造出屬於自己的獨特武俠天地。其中《笑傲江湖》爲奇中之奇，值得仔細分析。

認眞的讀者已經注意到《笑傲江湖》與衆多武俠作品，也與金庸此前的作品有明顯的不同：沒有清楚的時間背景，它的故事發生時間非常模糊，聯繫到作者十分擅長在具體歷史背景之下虛構故事的手法，不得不認爲小說裡面模糊的時間背景實是有意爲之。本來通俗文類中的時間背景只對故事展開有意義，其餘並無多大價值。金庸連這個價值不大的背景也拋棄，無非想用無時間性來暗示它的永恆存在。它不是屬於一個具體的時空世界，而是跨越時空的普遍世界。無時間性的故事背景加強了讀者的閱讀印象：虛構世界中的人物行爲是永恆人性的刻畫。金庸筆下的人物因不生活在具體時空世界而獲得永恆的隱喻意味，他們可能活在一切時代，無論古代、現代，還是將來。正如他自己在《笑傲江湖・後記》中說的，「本書沒有歷史背景，這表示，類似的情景可以發生在任何朝代。」

金庸筆下隱括一切時代的江湖世界具有什麼特徵呢？以利益爲依歸的門戶對立是這個世界最明顯的地方了。舉大處有邪正的對立，邪的代表是日月神教，他們被白道稱爲魔教、邪教，白道中則有五嶽劍派、武當、少林、青城等衆多門戶幫派。邪正勢若水火，雙方廝殺經年。但白道中的諸派雖自認爲是對抗魔教而「同氣連枝」的正道，然而自身一樣四分五裂，「一個個像烏眼雞似的，恨不得你吃了我，我吃了你。」（《紅樓夢》語）所謂「同氣連枝」僅僅是表面的旗幟，爲了吞併對方，陰謀之毒辣，手段之殘忍，一點都不在魔教之下。這樣來構築正道之間幫派的關係，捨金庸外無第二人。舉小處，同幫同派

也並非鐵餅一塊。殘酷的斷殺同樣滲透在同一幫派之內。魔教內有東方不敗與任我行前後兩教主之間篡權與反篡權的搏鬥；五嶽之一的華山派內有劍氣兩宗你死我活的決鬥，就算在同宗的師徒之間，岳不群也屢屢要置令狐沖於死地；即使在夫妻之間林平之對岳靈珊也無眞正的情義，癡心的岳靈珊最終是死於夫君林平之的劍下。殊死的對立和搏鬥存在於江湖的每一個角落。只要身在江湖，無處是淨土。眞正的友誼與愛情只有離開江湖，窺破江湖，或者像劉正風與曲洋那樣以琴簫相交金盆洗手，或者像令狐沖那樣「身」雖浪跡江湖而「心」則不歸屬江湖，我行我素無拘無束，實質爲江湖中的「隱士」，才有可能。金庸爲讀者描繪了一幅你死我活的江湖政治地圖，其間山頭林立，互不相讓，「邪魔」、「俠義」之別僅僅是無意義的符號。因爲無論「邪魔」還是「俠義」所做的都是一件事：爭權奪勢。金庸賦予江湖幫派人物這種品性，這些人物相互之間展開逐鹿問鼎的殊死搏鬥，是很自然的。

你死我活爭奪利益是金庸筆下江湖的第二個特徵。《笑傲江湖》的基本情節是圍繞正道諸派爭奪武功秘笈《辟邪劍譜》展開的。「尋訪秘笈」本是武俠小說鋪陳故事的常見方式。因爲這種方式有利於製造懸念、交代頭緒、吸引讀者的興趣，金庸亦在鋪陳故事證明自己是製造懸念的高手。故事開頭神秘的林家滅門慘劇懸在讀者的心頭，直到故事快結束時，讀者才知道各派的機心和手段，明白爭奪秘笈的最終結果。但懸念寫得好並不等於筆下的江湖能夠經營布局得好。金庸藉「尋訪秘笈」展開寫人寫事的時候，有兩點是他人不能及的地方。其一是刻畫爭奪秘笈時各派的手段和機心。武林中的好漢一般都是比武鬥技。誰的武功好，誰就是當世高手。武林中免不了刀光劍影，但那只是比武比技時的刀光劍影。而

金庸筆下的群豪僅有超絕武功是不行的，還要有暗算敵手的機謀心計。為爭奪秘笈、練得上乘武功，竟然奇謀迭出，簡直到了匪夷所思的地步。嵩山派掌門左冷禪為盜得華山派掌門岳不群的秘笈，打破武林規矩，派弟子勞德諾帶藝投師，實施孫悟空鑽進鐵扇公主肚子的策略，但為岳不群識破。岳不群來一個「假」笈「眞」授，終於在比武併派之際刺瞎左冷禪雙目。岳不群當上併派後的盟主之後，更以公開華山石壁上各派劍術的石刻圖為名，誘得其他四派上山，聚而殲之。最後不意連帶算了自己的性命。用任我行的話，「這五嶽劍派叫做自作孽，不可活，不勞咱們動手，他們窩裡反自相殘殺，從此江湖之上，再也沒有他們的字號了。」（第三十九回〈拒盟〉）正道中人機心綿密，手段殘忍。魔教中人也不例外，原教主任我行早識練《葵花寶典》中武功破身傷心，乃故意傳之東方不敗，讓他練成不男不女之身。雖受幾年牢獄之災，但終於反篡復位，誅殺元凶。這正是謀略所講的欲擒先縱之術。金庸在敘寫邪正之爭、幫派之爭時突出機心巧智的較量。正如任盈盈勸令狐沖時說，「江湖風波險惡」（第十三回〈學琴〉），江湖本來就是打打殺殺的地方，對俠客高手而言實如家常便飯，而任盈盈特標「險惡」二字，則此一江湖乃奇謀詭計密布之江湖。江湖的隱喻意味就在這些陰謀手段的較量中彰顯出來。武林人物如此殫思竭慮鬥智鬥巧，無非是為了獨得江湖的霸權。無論是魔教的「千秋萬載，一統江湖」（第三十回〈密議〉），還是五嶽諸派的「連成一派，統一號令」（第三十二回〈併派〉），邪正不同但講的都是同一回事：主宰武林。這種野心和貪欲驅使武林人物不顧一切達到自己的目的。

金庸圍繞「尋訪秘笈」而刻畫江湖的時候，還有另一種筆法是他人不能及的。這就是對武功秘笈的理解。在《笑傲江湖》中秘笈關乎人性，並非是純粹用於展開情節的工具。「尋訪秘笈」的情節類型一般把秘笈作故事的引子，到得秘笈水落石出之際，就是故事結束之時。而《笑傲江湖》則不是這樣。《辟邪劍譜》雖有引導情節的作用，但它也隱喻著人性的貪欲：一方面可以其絕世武功獨霸武林，另一方面得了這種武功定要付出黌損元陽走火入魔的代價。它是兼具損人害己的雙面利刃。書中有三個武林人物學得此種武功：魔教的東方不敗，正道的岳不群與林平之。三人都沒有好下場，可以逞凶於一時，然不能得勢於久遠。他們得到秘笈之時，就是他們走上死路之日。建立霸業的這種歹毒武功，就像人類根深蒂固的貪欲，把人引入命運的歧途，異化自己為一個走火入魔的怪物，結果當然只能是毀滅自己。以這種眼光和筆調寫武功秘笈，寫謀得武功秘笈後的結果，只見之於金庸的武俠，不見之於其他。

為了筆下江湖的隱喻意味，金庸設計了幾個「隱士式」的武林人物。以隱士追求和諧的友誼與情愛來映襯江湖世界的險惡。這種對比手法雖無甚新奇之處，但對表達《笑傲江湖》的隱喻意味卻必不可少。否則只有一個龍虎爭霸的江湖，何「笑傲」之有？只有象徵隱士們和諧的友誼與情愛的那曲〈笑傲江湖〉，才能把讀者帶入批評性的視角看江湖，欣賞武林奇幻爭霸之餘，掩卷深思：這幅武林爭霸圖是不是也如千年不變的人性？和江湖人物大相逕庭的隱士形跡，在小說的情節發展中起「引導閱讀」和傳達作者評價的作用。假如沒有令狐沖、任盈盈、劉正風、曲洋這類隱士式人物的言行作背景，《笑傲江湖》的隱喻意味就要大打折扣。一個追求永恆友誼和情愛的隱士理想，一個無情誅殺的現實江湖世界，相互影照。特別是劉正風「金盆洗手」的場面，實為武俠中不可多得的傑作。衡山派大師兄劉正風精心布

置，請來正道中各派群豪出席自己金盆洗手退出江湖的儀式。雙手剛要落盤之際，群豪的那一聲猛喝「且住！」代表了理想世界的破滅。因為群豪認定的原則是「邪正不兩立」（第六回〈洗手〉），而劉正風卻琴簫會友，與魔教長老曲洋成為莫逆之交，由此而悟「雙方如此爭鬥，殊屬無謂」（第六回〈洗手〉）。但此種交情悖逆武林規矩，而又為群雄識破。此情此景使他處於服從友情還是服從武林的兩難選擇。要麼背情殺友，要麼與天下為敵，他當著各派群雄的面說，「曲大俠雖是魔教中人，但自他琴音之中，我深知他性情高潔，大有光風霽月的襟懷。劉正風不但對他欽佩，亦且仰慕。劉某雖是一介鄙夫，卻決計不肯加害這位君子。」（第六回〈洗手〉）劉正風的凜然拒絕等於與群雄為敵，而他最後慘遭滅門之禍，自己也在群雄追殺之下與曲洋殉情而死。二人合奏的那曲〈笑傲江湖〉從此為絕響。金盆洗手這個場面將純潔的情誼與江湖裡的「俠義」對立起來，暗示江湖裡並無「俠義」。「俠義」只是一個名號，在「俠義」的名號下幹出的正是最慘烈歹毒的邪行。金庸在這裡與武俠小說的傳統開了一個大大的玩笑。此前的武俠都是寫江湖俠義英雄的，而《笑傲江湖》分明告訴讀者：江湖無俠義。群豪聲稱仗劍行俠的那個江湖根本不值得真正的英雄嚮往，它只配被英雄「笑傲」。恐怕在這種意義上，《笑傲江湖》被人認為是「政治寓言」而非「武俠小說」。不過，依筆者的見解，武俠而帶有隱喻的意味，只是表現該作品在主旨、構思、人物關係、情節發展諸方面有自己的個性，仍不失為武俠小說。與其說《笑傲江湖》是「政治寓言」，不如說小說隱喻意味的發揮正體現了金庸對通俗文類獨創性的拓展。

金庸也不諱言，他之寫武俠小說，是有更高一點的理想，像純文學小說一樣，「想寫人性」。《笑傲

江湖》則「企圖刻畫三千多年來政治生活中的若干普遍現象」。而「不顧一切的奪取權力，是古今中外政治生活的基本情況，過去幾千年是這樣，今後幾千年恐怕仍會是這樣。任我行、東方不敗、岳不群、左冷禪這些人，在我設想時主要不是武林高手，而是政治人物。林平之、向問天、方證大師、沖虛道人、定閒師太、莫大先生、余滄海等人也是政治人物」（見《笑傲江湖．後記》）。由此可見，金庸十分自覺將自己對中國歷史和人性的觀察融入這部武俠小說中，摸索運用通俗文類寫出人性，寫出數千年不變的政治生活中的普遍現象。從文學觀點看，金庸所運用的技巧，主要是隱喻。隱喻是《笑傲江湖》溝通嚴肅的人性觀察與通俗文類套路的橋梁。因爲循著舊的武俠小說的習慣去寫，則不能表達出作者內心中嚴肅觀察與體驗，但拋開武俠又是另一回事。要在武俠程式的基礎上寄寓嚴肅的觀察與體驗，捨隱喻別無他途。金庸在人物關係、人物性格、人物形跡、背景襯托等幾個方面發展出隱喻的意味，構成一個活活脫脫的獨特「江湖世界」，在平衡通俗文類與嚴肅觀察之間的輕重時，顯示出了很高的駕馭文字隱喻的才能。一部《笑傲江湖》既不悖於武俠小說，又有啓人心智的嚴肅意味；既寫出一個子虛烏有的江湖，又從此一江湖中能夠品味到中國社會政治生活的某些普遍意味；既寫出一群不是凡人的俠客群雄，又從群雄的性格中悟出某些普遍的人性。金庸以文學隱喻的手法拓展武俠小說的表現範圍，提升武俠小說品味的嘗試，獲得很大的成功。這是通俗文類方面富有前瞻性的探索。

武俠文類在多大程度上能夠容納隱喻技巧，這是一個不容易圓滿處理的問題。武俠的程式畢竟有自己的傳統和慣性。在某些方面它可能相容於隱喻的運用，但在另一些方面則可能相悖於隱喻的運用，或限制了隱喻的意味，使它達不到作者意圖中的藝術效果。以《笑傲江湖》爲例，在人物關係和人物形跡方面，隱喻的運用就比較能取得圓滿的藝術效果。武林人物各出奇謀不顧一切爭奪霸權，處於你死我活的那種關係之中，雖然與政治社會沒有「逼眞」的相似，但能夠產生「隱喻」的相似。武俠小說中的江湖能夠透過人物關係隱喻式的處理，與政治社會的某些特徵發生聯想，它的聯想意味能夠被讀者接受。這就說明武俠程式中的江湖具有可塑性，可以容納某些技巧豐富它的藝術表現力。但武林奇俠作爲武俠小說的另一程式，它的可塑性就小得多。武林人物與政治人物之間不容易建立隱喻式的聯繫。儘管金庸聲稱他筆下的群豪在設想時主要是作爲「政治人物」來寫，但這些「政治人物」卻不似讀者想像中政治人物的那種個性。無論正道諸派還是魔教中人似不能顯示出個性的面貌，除莫大、劉正風稍好而外。這是爲什麼呢？金庸是一個寫人的高手。文筆拙劣解釋不了這現象。筆者以爲「武林奇俠」只在很有限的程度內才容納隱喻技巧的運用。通俗文類的規範在這裡存在著緊張關係。當太多眞實政治人物的言行引入「武林奇俠」的言行時，他們就不像武林人物。而武林人物之所以爲武林人物，必得在言行舉止方面似武林人物，似的標準存乎武俠小說的歷史傳統。例如，他們必須是與常人不同的「異人」，會一些他人所不能的「武功」，以取得武功成就爲人生最大目的。因此，性格必定是單向度的，在乎簡約而不在乎豐富。這些都是文學傳統形成的慣例，它限制了作者將他們隱喻爲「政治人物」性格的那種努力。雖然從金庸筆下的群豪看到政治人物的某些影子，但其中的聯想太過脆弱，或者稍縱即逝，或者比擬不倫。讀者從武功師承看出幫派的歸屬，但若從政治人物的角度看群豪的差異，結果就只有失望。通俗文類畢竟還是通俗文類，讀者不能有不符合其文體的期待，作者的藝術發揮也要受其制約，需要平衡其中的分寸。

三

與「江湖」相比，「俠」作爲武俠小說的另一套路似乎有淵源更長久的歷史。按照一般的說法，武俠小說就是講述仗劍行俠故事的小說，就是「武」＋「俠」＋「小說」。而其中「俠」被認爲是第一位的。梁羽生說，「我以爲在武俠小說中，『俠』比『武』應該更爲重要，『俠』是靈魂，『武』是軀殼。『俠』是目的，『武』是達成『俠』的手段。與其有『武』無『俠』，毋寧有『俠』無『武』。」[10]梁羽生最後一句或許誇張了些，「武」與「俠」原是不可脫離的，無「武」何以有「俠」？當虛構故事寫的是無武之俠的時候，它就不配稱作武俠小說了。不過，寫出作者心目中的「俠」，在虛構故事中營造「俠」的形象，確實在武俠小說中占據重要的地位。

談論歷史上的「俠」，一般都逃不過韓非子與司馬遷。韓非子一句「儒以文亂法，俠以武犯禁」（《韓非子．五蠹》），爲有記載以來記俠之始。我們知道這類人是以武力悖逆官府的禁規，爲所欲爲的。而司馬遷的〈游俠列傳〉則爲我們記載了那時代游俠的事跡。這些游俠「其言必信，其行必果，已諾必誠，不愛其軀，赴士之厄困」（《史記．游俠列傳》）。「游俠救人於厄，振人不贍，仁者有采；不既信，不信言，義者有取焉」（〈太史公自序〉）。像韓非子說「俠」犯禁一樣，司馬遷也提到游俠的行爲「不軌於正義」（〈游俠列傳〉）。司馬遷這裡說的「正義」當不是justice意義上的「正義」，而是「正」的「義」，也就是朝廷官府設定的「義」，游俠要實行的卻是民間的「義」，也就是被稱爲「俠義精神」的那種「義」。武俠小說裡俠客的形象當然是把歷史上的游俠作爲原形。但是，人們不可忘記武俠小說的「俠」的出現，是游俠式微之後的現象。文學現象的俠出現在歷史現象的游俠之後。如果人們按圖索驥，以爲小說中的俠反映了現實生活的俠，就犯了把想像當成現實的錯誤。民國以來的武林中俠客橫行，仗劍鋤奸，屢聞不絕，但在現實生活中早已連俠客的影子都找不到了。即使在偶有游俠的唐以後的古代，文學想像中的俠，也顯得與現實社會的俠有所不同。游俠帶劍與朝廷官府對抗，韓非子所謂「犯禁」，司馬遷所謂「不軌於正義」，說的就是這種情況。但唐傳奇和明清武俠中的俠客形象，根本就沒有這種特點。小說中的俠客不是跟朝廷官府毫無關係，就是依附於官府，至少作爲官府實行合法統治而力又有所不逮時的補充。在作者想像裡俠本來的「犯」與「不軌」已經成了歷史的陳跡。因爲後來的社會變遷，使「義」作爲想像經驗遠比作爲可供實踐的道德範疇，來得重要。政治權威對社會的君臨似無可動搖，而從道德實踐上直向其挑戰已沒有多少意義。於是人生的不平牢騷託之於文學想像，「禪杖打開危險路，戒刀殺盡不平人」（《水滸》第二回），「手提三尺龍泉劍，不斬奸邪誓不休」（凌蒙初《宋公明鬧元霄》第九折），「安得劍仙床下士，人間遍取不平人」（《醒世恆言·李研公窮邸遇俠客》），直到當今天下依然有人感嘆「浩氣千年劍一柄，直向世間問不平」（呂劍《得劍記》）⓫。顯然，這裡表達的感情經驗已經沒有必要與官府、朝廷或政治權威本身聯繫起來。「義」雖仍爲道德範疇，但已經沒有「正」的「義」與「民間」的「義」的區別了。

縱觀武俠演變的歷史，秦漢游俠提供了文學想像的靈感源泉。游俠也作爲人物原型爲文學留下深刻的影響。它不但被確定爲武俠虛構文學中心角色的地位，而且也爲這些文學形象確立了行爲和道德準則。「俠」和「義」的不可分離性就源於秦漢游俠。儘管後來「義」的含義有所改變，但無「義」不成「俠」則是武俠小說中牢不可破的規則。「俠」這類人，行的就是「義」。一部武俠史一言以蔽之曰，俠士行義的歷史。由於「俠」與「義」的緊密聯繫，詞彙裡俠一詞而兼二義，游俠的俠和仗劍行俠的俠，前者指一類人，後者指義的意思。武俠小說是後來的名稱，清末和民初均叫俠義小說。魯迅《中國小說史略》闢專篇「清之俠義小說及公案」。可見這類小說的名稱表現了它們「俠」與「義」不分離的根本特點。「俠」是指角色，「義」是指這類角色的德性與行狀。套用梁羽生的話，「俠」是軀殼而「義」是靈魂。在武俠文類中要摹畫好奇俠的形象，寫出他的「義」之所在，就算達到很高的境界了。武俠寫手在塑造武俠人物形象的時候，無不把「俠義精神」作爲營構人物性格的中心環節，力求把他們寫成活靈活現的俠膽英雄。但奇俠形象的精神境界，可以說並未超過太史公〈游俠列傳〉中關於游俠所講的那幾句話。因爲已經類型化的奇俠形象並不要求性格的豐富性，而只要求性格的集中性，即把「俠義品德」表現出來就可以了。

以群俠爲中心角色的《三俠五義》，其中刻畫得比較立體化的俠士白玉堂、蔣平、展昭等，雖各有個性，如白玉堂負氣爭強，蔣平機警刁鑽，展昭倜儻風流，但他們都是見義勇爲、忠義俠烈的英雄。至於《兒女英雄傳》中的十三妹更是既有英雄俠骨，又有兒女柔腸。見安公子落難能仁寺，二話不打便援手相救，後知其不幸身世，更千里護送落難的安公子，並爲他月下作媒，之後又妾事安公子。以傳統道德來說竟是一位無可挑剔的「完人」。民國武俠多姿多采，但除了還珠樓主等數人外，寫人狀物的文筆反而不及晚清的文康。武俠製作「都市味」較濃，偏好於怪、奇的場面和情節，刺激都市讀者的感官；於人物性格刻畫，肯用工夫的實在不多。借用趙苕狂的話，「以帶營業性質的關係，只圖急於出貨，連看第二遍的工夫也沒有」（《江湖奇俠傳》第一〇七回）。不過，寫得好的武俠人物，作者落筆刻畫的重點，一樣安放在人物的「俠義精神」上面。這一點可以說與晚清武俠沒有兩樣。由於時代的變遷，民間武俠已經沒有晚清武俠諸如「朝廷」、「官府」、「夫榮妻貴」等陳腐爛套，而人物的俠義精神卻始終如一。作者用心著墨講述一個異彩紛呈的故事，來刻寫角色的俠義精神。以最善寫人的王度廬爲例，王在《寶劍金釵》和《劍氣珠光》兩部作品中，極盡寫情妙手，爲讀者塑造「情俠」李慕白的形象。他設計了「一人而兩名」的關節：李慕白又叫孟思昭，而李事前並不知此事。李慕白到俞老鏢頭家比武招親，李雖勝出，但老鏢頭言明女兒已許配與孟思昭爲妻，並臨終託孤，讓李認其女兒爲義妹，萬里尋找未婚夫孟思昭。其間又發生許多仗義行俠的經歷。李慕白最終從好友口裡知道自己就是那個萬里追尋的孟思昭。儘管他極愛義妹，但因認義妹在先，豈能先妹後妻？俠士一言既出駟馬難追，不能爲武林恥笑。李陷於情與義的兩難境地。然終不肯破其千金之諾。李慕白的情俠形象，被認爲是民國武俠最成功的人物形象

⑫。王度廬借用新文藝的筆法，讓人物處於內心感情矛盾的境地，在情與義的衝突中凸顯人物的「俠義心腸」。王度廬借來「他山」筆法，在武俠小說史上也可以說是一個突破。不過，總的來說，刻畫奇俠形象已經成了武俠小說的固定程式，角色翻來覆去離不了俠客。唐代傳奇限於篇幅，俠客性格表現於精心構築的細節和場景。清代武俠受說書影響，情節的重要性增加。自民國以來武俠小說愈寫愈長，大有情節壓倒人物之勢。然而文采筆法俱佳的小說，奇俠角色的塑造依然占相當地位，尤其是「俠義精神」一直是作者營構人物的中心。由此看來，武俠的趣味性人所共認而文化內涵不足，角色的集中性強而豐富性不足，或與此不無關係。

金庸武俠篇幅浩大，屢獲論家好評的幾部作品均在百萬言以上。《射鵰英雄傳》、《神鵰俠侶》、《倚天屠龍記》三部人物故事關連的小說，合起來有三百多萬字。好像篇幅愈長愈容易見出作者的水平。如此浩大的篇幅免不了以曲折離奇、變幻無方的情節使故事能夠接連不斷講下去。金庸編造武俠故事的能力，其想像之離奇、情節之曲折變幻，怕是連還珠樓主都不遑多讓。而且小說最初均在報刊連載，每日一篇，成書都要在兩、三年之後。同一故事情節不相連貫，枝蔓蕪雜乏條理。看到某段情節沒有什麼好寫，「筆窮」之後戛然而止另起爐灶的缺點，在所難免。或者爲了應付連載，故意編造，有意拖長，也偶爾可見。這也是武俠的通病。今天讀者讀到的金著武俠，都是經過「封筆」之後十年修訂的版本。這一來可見金庸對武俠文類的期待有相當嚴肅認眞的一面，並非僅視之若「消閒說部」；二來十年修訂也在相當程度上彌補了情節、人物、故事銜接不足的弱點。

金著武俠雖然情節離奇、枝蔓繁複，但他對寫活人物這方面可說是十分注意的。他塑造出衆多性格鮮明、個性各異的奇俠形象，如陳家洛、郭靖、楊過、張無忌、喬峯、令狐沖、韋小寶等等。金庸這方面的成就雖不能說後無來者，但至少是前無古人了。金庸有很明確的寫人意識，他在自己作品的「序」和〈後記〉裡屢屢談到這種小說家的「文學自覺」。〈金庸作品集「三聯版」序〉中說得很明白，「我寫小說，旨在刻畫個性，抒寫人性中的喜愁悲歡。」《笑傲江湖・後記》：「我寫武俠小說是想寫人性，就像大多數小說一樣。」金庸這裡說的「大多數小說」，當指那些優秀和比較優秀的作品，自然包括嚴肅文類在內。寫武俠小說而有如此的「文學自覺」，這在武林中是很有眼光的。在《天龍八部・後記》中，金庸贊同陳世驤的見解：「武俠小說並不純粹是娛樂性的無聊作品，其中也可以抒寫世間的悲歡，能表達較深的人生境界。」而在《鹿鼎記・後記》裡金庸認爲，「小說的主要任務之一是創造人物，好人、壞人、有缺點的好人、有優點的壞人等等，都可以寫。」金庸這樣看待武俠小說的寫作，很大程度是繼承了中國古典小說注意刻畫人物的傳統。他是這樣認識，也是這樣實踐的。

從故事情節的整體性看，金著武俠雖然免不了過分的離奇和巧合，爲了渲染和烘托環境氣氛，枝蔓也過於繁複，使人物命運對角色的性格揭示作用有所降低。但金庸用精心構思的情節高潮或小高潮去突出人物形象，展示角色的性格，相當程度彌補了上述缺失。數年時間經營一部武俠，不能夠一氣呵成，這是可以理解的。情節環環相扣、事件的接榫或許受到影響，但作者依然有可能數日或數周專注於故事情節的某環節，寫出故事「單元」的整體性。讀金庸的武俠，時常感到整部小說的結構整體性不足，但某些情節單元卻具有十分可觀的結構整體性，特別在一段鬆散之後的「小高潮」，人物和事件的處理恰到好處，通過集中的事件刻畫奇俠性格。儘管陳世驤以題旨的必要性來寬恕《天龍八部》的結構鬆散，但我認爲還有一層未曾揭破：結構鬆散是武俠文類的特點。因爲這種文類要突出「武俠世界」的非現實性、非人間性。諸多的離奇編造，天人龍鬼和種種巧合就成爲不可避免的「調味品」，沒有它就調不出那個特定的「武俠世界」之味，諸般編造之後，沒有任何理由可以使故事情節具有嚴謹完整的面貌。這就是金庸說的「武俠小說的故事不免有過分的離奇和巧合」一語中「不免」的意思（《神鵰俠侶．後記》）。所以，如果讀者抱定宗旨要欣賞金著武俠乃至其他武俠小說故事結構的完整，結果往往是失望的。好在武俠小說的傳統和讀者的閱讀習慣已經能夠適應這種文類特點。而以結構鬆散來指斥武俠小說，只能說明指責者對武俠文類的特點不甚了解，難免隔靴搔癢。筆者以爲閱讀金著武俠，不要把注意力放在把握故事結構整體性來了解小說的意義，這是嚴肅小說的讀法。當放過那些明顯「編造」之處，注意作者精心營構的「情節單元」。這些「小高潮」其實和那些離奇編造是情節脈絡中的一張一弛，構成武俠小說中特有的情節發展的節奏。金庸相當熟練地駕馭故事情節的節奏，集中筆墨在情節高潮中刻畫人物性格。如《倚天屠龍記》第二十一回〈排難解紛當六強〉、二十二回〈群雄歸心約三章〉，寫張無忌感於大義，以一人之身與天下六大門派交手，爲救瀕於滅門的明教諸人。《天龍八部》末一回〈教單于折箭、六軍辟易、奮英雄怒〉，喬峯一人而困於契丹與宋的民族感情衝突之中，他苦思無良策，挺身而出，脅迫遼方換取遼宋和平而後以自刎身亡而成大義，成爲悲劇的英雄。《笑傲江湖》之第六回〈洗手〉，以劉正風

「金盆洗手」退出江湖爲引子，寫盡江湖風波的險惡。《鹿鼎記》第三十六回〈犵鳥蠻花天萬里，朔雲邊雪路千盤〉，奉使西行的韋小寶浪跡到羅剎國身陷絕境，居然能以早年說書彈唱裡學來的一知半解的詭計，幫助被困的羅剎國公主兵變奪權，終於財色雙收衣錦榮歸。諸如此類的精彩文筆，在金著武俠中時常可以見到。由於金庸善於處理故事情節與人物性格的關係，既有天人龍鬼上天入地的神來之筆，又有對角色性格的集中刻畫，在情節一張一弛的節奏中將奇俠形象樹立起來。

論到金庸武俠中的奇俠形象，在凸顯他們的「俠義精神」這一點上，與以往的武俠小說並沒有多大的不同。奇俠性格中的「俠義」並不是作家對人格的理念，而是武俠文類的形式規範，是作家不得不遵從的寫作套路。所以，從刻畫人物而有創新的角度看，寫出有立體感的奇俠人物並不算有多大的突破，只能算熟練地駕馭武俠文類，能夠用其所長。要寫出有深度的奇俠形象，僅僅凸顯他們的「仗義行俠」是不夠的，關鍵在於能否寫出他們性格的豐富性和各具稟賦的個性，能否在他們命運中有深層次的寄寓。縱觀金庸的武俠小說人物形象的刻畫，我們可以看到一個漸次發生的變化：從執筆寫武俠開始，按部就班寫好標準的俠士形象，到對武俠文類建立起自己的觀念，並探索突破傳統的武俠文類對奇俠形象的限制。寫出武林人物性格的豐富性，特別注重在人物命運裡，寄寓一些作者對人性、社會的觀察和體驗。套用古典的批評術語，金庸刻畫武林人物形象，走了一個從「形似」到「神似」的過程，早期務求「形似」，中晚期則追求「神似」，在「形似」的階段，金庸極力凸顯奇俠人物那種「仗劍行俠」的俠義道，與傳統武俠小說裡的人物形象，人或不同，其俠一也。中晚期階段，作者似不滿足於僅僅寫出武俠人物的「形似」，作者試圖把對人性、人生的體悟帶到武俠小說中來，透過筆下的武俠形象寄託這些人生的體驗。因此，金庸追求筆下的形象不僅具有俠義性格，而且具有以前武俠形象所缺乏的豐富性，他們的命運融匯了前所未具的意義寄託。正是在這種意義上，我們說金庸後期的奇俠形象更爲「傳神」。相比於奇俠英雄這一文類的程式，金庸只求其「神似」。金庸這種對奇俠形象的開拓，在《鹿鼎記》中達到極點。韋小寶這個形象已經撐破了武俠文類的形式規範，作爲武林人物，正所謂太神乎其神而不似了。

從《神鵰俠侶》的發表開始，金庸就比較有意識地將人性、人生體驗灌注到奇俠形象之中。他的寫作目標就不再是以往的「形似」，而是試圖表達更高的人生境界。《射鵰英雄傳·後記》可以作爲上述看法的印證。〈後記〉寫於一九七五年，那時作者已經封筆，距《射鵰》的殺青也已有十七年。然而世人似乎更推崇《射鵰》，從傳統的武俠欣賞眼光看，郭靖、黃蓉實不遜於其後的楊過、張無忌、令狐沖，前者更像標準的俠士。但作者卻不以爲然，世人似未悟透《射鵰》以後作者創造武俠人物的轉變。作者在〈後記〉中特指出此點加以論說。金庸認爲，「《射鵰》中的人物個性單純，郭靖誠樸厚重，黃蓉機智狡獪，讀者容易印象深刻。這是中國傳統小說和戲劇的特徵，但不免缺乏人物內心世界的複雜性。」作者推測《射鵰》受歡迎的原因是「人物性格單純而情節熱鬧」。但作者卻更重視《射鵰》之後的幾部小說。「我自己，卻覺得我後期的某幾部小說似乎寫得比《射鵰》有了些進步。」作者的看法當然未必能作爲定評。但金庸這裡的《射鵰》「人物性格單純化」與後幾部作品對舉，至少可以看出作者不願重複自己作品的那種探索的努力，「有了些進步」當然是指人物性格的豐富性和人物命運寄託的寓意。金庸是一個不願重複自己寫過的作品的人，在被問到爲何《鹿鼎記》之後封筆，他的理由是「沒多大興趣」，之所以「沒多大興趣」，理由之一是「不希望自己寫過的風格、人物再重複；過去我寫了相當多，要突破比較難。」⓭從作者的解釋也可以證明，他對自己的寫作要求較高，《射鵰》之後的每部作品都力求有些個性稟賦不同的新人物、新意味。

金庸的武俠故事離不開一個「情」字，主要角色均捲入男女之情的糾葛中，男女主角的感情或性愛的糾葛，往往是故事發展的主要線索。乍看之下，似乎是文康「兒女＋英雄」的模式或顧明道的「劍膽琴心」模式的翻版。當然對通俗文類來說，男女私情的點綴似必不可少，「情」與「俠」在武俠故事中已經緊密相連，凡有故事而必言情實在不必大驚小怪。但金庸故事中的私情糾葛又不僅僅起點綴故事或推動情節的作用，私情糾葛中每每隱含人性觀察和體驗的意味。這是以前武俠小說家缺乏的地方。金庸在構思角色感情糾葛的時候，往往在異性自然吸引這個大題目下發掘那些不變的人性，發掘性格、素養、社會環境對男女私情的影響。在此作品中作者會探索此私情的糾葛和意味，在彼作品中作者又會更換筆調寫出彼私情的糾葛及其意味。同爲點綴，而每每點綴得各不相同，令人掩捲嘆息。《神鵰俠侶》中的楊過與小龍女，兩人天生至性而天緣巧合，兩人由始至終，破世俗塵念，先師徒而後夫妻，一生只有形離而始終神合，種種忠貞不渝的奇蹟，頗當得起中國版的《霍亂時期的愛情》。寫在《神鵰俠侶》之後的《倚天屠龍記》的主角張無忌對情愛的觀念又全然不同楊過。他對美麗的姑娘拖泥帶水，猶豫不決，身邊的四位女性周芷若、趙敏、殷離、小昭於他，亦似有緣亦似無緣。他與周芷若訂百年之約，然趙敏及時出現的時候，終於演出「新婦素手裂紅裳」的尷尬場面（見第三十四回）。若問張無忌內心的眞愛，恐怕他內心並無此念。所謂情於他，是依美麗和環境而轉移的。而情對於《天龍八部》中的段譽則如同青天霹靂一般。他是一個善於用情的情種，身邊先後出現三位女子鍾靈、木婉清、王語嫣。在段譽可謂無愧於天地。而竟然都是同父異母兄妹，眞是匪夷所思的「冤孽」，他承受父親隨處留情的「業報」。《笑傲江湖》的令狐沖則情鍾於岳靈珊，而岳卻情在林平之。當他情意纏綿於岳靈珊的時候，他是被束縛緊拘的。拘束來自心靈不自由，也來自與自己命運相通的另一個人。但當令狐沖解脫了與岳靈珊的情絲之後，又落入了與自己一樣具有「隱士」志向的任盈盈精心布織的情網，任盈盈得到了圓滿而令狐沖就是被情索鎖住的「大馬猴」（第四十回〈曲諧〉）。愛情與自由是令狐沖不得不面對的「悖論」。《鹿鼎記》中的韋小寶對女人的情愛根本就沒有形而上的層面，他只有未經文化教養修飾的原始欲望。正因爲這樣他深懂兩性遊戲規則的實質內容。性的需要是共同的，女人缺少的是金錢與名分，而貴爲鹿鼎公的他這兩樣東西大大的有。留情之後，他無不慷慨出手，絕對不會虧待女人。他與女人的關係，沒有浪漫的虛文，沒有眞情假意的試探，沒有死去活來的波瀾，只有直探本原的「唯物」實質。所以，在世俗的眼光裡他最爲圓滿。七個女人跟著他，浩浩蕩蕩歸隱而去，頗有受用不盡的艷福。情愛本來就是文學寫之不盡的大題目。但一般來說，武俠小說的情愛卻是比較簡單，不是表現英雄不近女色，就是從道德化視角敘述感情故事。而金庸卻爲武俠帶來一片五彩繽紛的感情天地。他執著於情愛這個永恆的文學主題，勤於探索這個題目所蘊含的人性內容。透過楊過與小龍女的愛情故事，刻寫那種超越時間的刻骨

銘心的愛；在張無忌與四位女性的情意纏綿之中，蘊含了作者對男性心理中那種愛無定著隨勢飄移特徵的觀察與體驗；讀者在段譽愛而不得的尷尬經歷中，可以感受到「超度」是解脫「冤孽」萬年不易法門這一亙古不變的啓示；而令狐沖的情愛故事，隱喻了異性感情遊戲中愛情與自由不可兼得的「悖論」；韋小寶俗套而屢試不爽的手法，對玫瑰花式浪漫是一個絕大的反諷，而讀者從這一反諷中可以品味到「世俗的智慧」和愛情本身的悲涼。武俠小說而有如此多姿多采的情愛故事，金庸不愧爲寫情的大手筆。

武俠小說中奇俠人物的「形跡」無非是尋訪秘笈、浪跡學武、救人行俠等等，這也是武俠小說離不開的情節模式。作家不得不利用這些情節模式去表現人物的性格。但如果具體的情節展開與人物性格不是有相當關聯的話，程式化的情節就很容易掩蓋了人物的性格。金庸在刻畫人物的時候，一方面注意遵從一般的情節模式，使之不悖於武俠創作的法式，注意平衡事件與人物的關係，使刻畫人物與事件敘述能夠有機地結合起來；另一方面在敘述奇俠人物的經歷時，特別是某些場面和片斷，將它寫得帶有「人生隱喻」的意味。細品金庸筆下的奇俠英雄，幾乎每一個人都經歷了莫大的冤屈。金庸對抒寫冤屈似乎有特殊的偏好，通常透過寫奇俠的冤屈來刻畫他們的形象。所謂冤屈無非是他人無意的誤解誤會，或他人有意的陷害加諸己身不公平的遭遇。而冤屈正是我們人生經驗的一個部分，天下滔滔，誰人都免不了被冤被屈。金庸將武俠人物的經歷寫得類似於平凡人生的某種經驗，大處不違於武俠的情節模式，小處則寫得它有隱喻意味，在虛構的情節模式與眞實體驗之間建立了聯繫，從而增添和豐富了武俠人物形象的社會人生內涵。由《神鵰俠侶》到《笑傲江湖》，每一位大英雄都蒙受冤屈和苦難，每一位大英雄都是在冤屈裡成長的。楊過孤身來到一處盡是枯樹敗草朔風肅殺之地，忽見一莽漢鞭打拖著山柴的黃毛瘦馬，不禁悲從中來。金庸寫道，「楊過受人欺侮多了，見這瘦馬如此苦楚，這一鞭猶如打在自己身上一般，胸口一酸，淚水幾乎欲奪目而出」（第十一回〈風塵困頓〉）。後來楊過在重病之際慘遭郭芙利劍斷臂的欺凌（第二十六回〈神鵰重劍〉），但他終於能與神鵰爲侶，苦練武功，最終超越苦難，因愛生義而救郭芙一命（第二十九回〈劫難重重〉）。與寫楊過一樣，金庸也把張無忌寫成一個蒙冤無數而能剛毅不屈的奇俠。張無忌在幼沖之齡即目睹父母慘遭人倫之禍，而自己無辜受玄冥毒手，性命在旦夕之間（第十回〈百歲壽宴摧肝腸〉）。隨後又落入奸人精心策劃的陷阱，受騙說出義父亡命之所（第十五回〈奇謀秘計夢一場〉）。又被同門師兄誤解串通奸人殺害同門莫七俠（第三十二回〈冤蒙不白愁欲狂〉）。金庸所講述的張無忌的故事，確如他自憐身世時說的那樣，「一生受了無數欺凌屈辱」（第十九回〈禍起蕭牆破金湯〉）。段譽、喬峯也是無故而蒙冤屈的好漢。段譽一生與苦楚折辱相伴，先受無量劍和神農幫的欺凌，爲南海鱷神逼迫，被延慶太子囚禁，後給鳩摩智俘虜，在曼陀山莊當花匠種花。而更大的屈辱來自前輩造下的冤孽。冤孽的果報落到他的頭上，而也只有以佛教的智慧來超度此一冤孽。喬峯的冤屈來自他生於契丹長於江南的身世。第十六回〈昔時因〉寫喬峯面對丐幫諸長老，被誤解暗通契丹，更聽讀先師臨終遺言，「喬峯更有親遼叛漢、助契丹而壓大宋之舉者，全幫即行合力擊殺，不得有誤。下毒行刺，均無不可，下手者有功無罪。」此時的喬峯明白了自己的身世，面對滔滔世界，眞是百口莫辯。他「想恩師一直待己有如慈父，教誨固嚴，愛己亦切，哪知道便在自己接任丐幫幫主之日，卻暗中寫下這道遺令。他心中一陣酸痛，眼淚便奪眶而出，淚水一點點的滴在汪幫主那張手諭之上」。人生而蒙此冤屈大可以呼天搶地，但金庸愛寫的終歸是忍人所不能忍的大英雄，喬峯就是這樣一位大英雄。「霎時之間，喬峯腦海中思潮如湧，一時想：『他們心生嫉妒，捏造種種謊言，誣陷於我。喬峯縱然勢孤力單，亦當奮戰到底，不能屈服。』」喬峯屈辱蒙冤而力戰奮鬥的氣概，令人想起「滄海橫流，方顯出英雄本色」的詩句（郭沫若詞〈滿江紅〉）。金庸在《笑傲江湖》中繼續講述奇俠蒙冤的故事。以令狐沖一生所受的困頓冤屈，如不是天生有超然的隱士品格，恐怕也是百身莫贖。他先是被誣偷竊劍譜，次被誤指逍遙妓寨，再被俠義道諸派指認串通魔教，並屢蒙受業恩師岳不群猜忌，最終被革出師門。他與身邊諸位女子的關係，秉持俠義，光明磊落，但屢被江湖誣指竊玉偷香。除得恆山諸人和任盈盈信任外，江湖上不以為非的恐怕就只有莫大一人了。而莫大亦是經過跟蹤和偷窺才相信令狐沖的清白。滔滔江湖而令狐沖不得不面對的卻是懷疑、嫉妒、冤屈、困頓，他只有在與幾位純情女子的交往中，才尋覓到平靜與信任。

金庸中晚期的武俠特別傾向敘述奇俠蒙冤的故事，正應了《天龍八部》裡「無人不冤」的話。筆者有理由相信，金庸反覆講述的奇俠蒙冤的故事，在小說敘述裡並不僅僅具有故事情節的意義，與民國武俠誅鋤奸邪報仇雪恨那種老掉渣故事不同，作者正是透過奇俠蒙冤寄託人生的意味。金庸筆下大英雄的蒙冤及其反抗，並不是一個主導的中心情節，故事講述人並沒有把它們作為故事模式。在故事模式上，金庸大體上遵從武俠小說一般的構思套路，而奇俠蒙冤只是中心情節中的插曲。它作為奇俠成長歷程中不可避免的考驗和歷練，與我們平凡的人生存在相關的意味。這種筆法就是金庸所以為金庸，而他人不可及的地方。情節模式只是貫串的線索，安排一些什麼片斷、場面讓線索串起來，則很考驗作者的功夫。同是線索既可以串起珍珠，也可以串起瓦片。能夠與人生發生相關意味的就是珍珠，不能發生意味聯想的就是瓦片。讀者在金庸武俠裡，時常發現超越尋常意義的珠子，它上面凝結著深刻的人生體驗與智慧。金著武俠的這種文本特點，使我們一方面不可將金庸混同於一般的武林名家，因為他以自己的天才探索，把武俠小說的表現力提升到一個不尋常的高度，令它可以表現較為深刻的人生體驗和社會意味。這是絕大部分武俠小說作者欠缺的。另一方面，又不可將金著武俠當成嚴肅文類。因為這樣就不忠實於文本，只從裡面尋找微言大義而忽視了其中的「武俠味」。金著武俠裡那種奇俠「遍歷」的人生隱喻意味，終究和嚴肅文類不同，它融化在武俠人物超現世時空的言談舉止之中，融化在不具有逼真性的武林場面裡，欣賞起來別有一番「欲辯已忘言」的高致。金庸如此喜愛敘述奇俠蒙冤的故事，而且的確令人讀後感慨萬千，筆者推測這恐怕與作者的身世、與他用世不成而香江搏殺的人生體驗不無關係[14]。子曰：「作《易》者，其有憂患乎？」（《周易．繫辭下》）讀罷金庸，掩卷長問：寫大英雄者，其有憂患乎？行文至此，筆者當然不能猜測哪個人物裡有作者自己的影子。但有一點可以肯定，有深刻人生體驗的人，才有可能寫出有深刻人性隱喻的作品。

武俠文類裡當然沒有「先鋒派」這一說法，但金庸卻當得起武林裡的「先鋒派」。武俠文類與嚴肅文類的舶來品性質不同，它是土生土長的，由明清章回小說演變而來。新文藝對它的影響限於敘述手法等技巧性的方面，它的體制方面基本還是傳統的架子。例如行文當中的詩詞點綴；詩詞式句子在回目中的作用；故事時空遠在已經過去的年代；傳統的單純全知式敘述角度；大致定型的敘述套路和情節模式等等，都是古已有之的東西。金庸亦說過，「中國傳統小說而沒有詩詞，終究不像樣」（《天龍八部・後記》）。金著武俠短篇不計在內，除了《飛狐外傳》、《俠客行》、《笑傲江湖》三部目次編排類似新文藝的體制，《神鵰俠侶》第二十九之前無稱謂，三十之後則明稱「回」，回目以四字表出外，其他作品或明確稱回，或回目無稱謂，但都是以聯句或七字句作章回稱謂。《天龍八部》更是以整首詞作目次。這說明金庸有意識盡量在體制上保持武俠小說的傳統特徵。由此看來，若說金庸是武林裡的「先鋒派」，一定難以為論家所認同。但術語不妨借用，如果「先鋒派」是指在文類、藝術上不斷探索，那麼金庸就是武林裡最具先鋒特點的作家了。

像前文說過的那樣，金庸開始寫武俠小說，還是比較墨守武俠文類的傳統成規的。這從《書劍恩仇錄》、《射鵰英雄傳》中可以看得出來。其後金庸則動了心思，力求武俠可以表現一些嚴肅的人生內容。由此產生對武俠文類表現力的探索。金庸這番心思在《鹿鼎記》裡達到頂點。不妨以此為例分析金庸此番先鋒探索的得失。《鹿鼎記》一出，讀者譁然。金庸在《鹿鼎記・後記》裡記下當時讀者反應。有讀者寫信問他，「《鹿鼎記》是不是別人代寫的？」金庸坦然承認這部小說「已經不太像武俠小說」，並為剝奪了某些讀者的樂趣「感到抱歉」。但金庸也說他這樣寫是「故意」的。那位懷疑他人代筆的讀者當然是以為此小說不可取，卻有人又將《鹿鼎記》推為金庸武俠的「極品」⑮。這部小說存在很不相同的評價，它是金著中爭議最多的小說。我以為，無論推崇或貶損均有隔靴搔癢之嫌。只有從作者的探索意圖和武俠文類的規範兩個角度來討論，才能夠認識韋小寶這個形象，求得對《鹿鼎記》中肯的批評。

金庸說過《鹿鼎記》不像武俠小說，「毋寧說是歷史小說」（《鹿鼎記・後記》）。又有人認為是「社會問題小說」。以為小說「強調『無劍勝有劍』的武俠觀點」，「讓武俠小說進入『無劍勝有劍』的新境界，並突出武俠小說的政治內容和政治主題。」⑯把《鹿鼎記》叫做什麼小說是次要的問題，重要的是金庸的文本告訴讀者些什麼。筆者認為，金庸寫韋小寶這個形象，肯定不是強調「無劍勝有劍」的武俠觀點。不錯，從結果看，韋小寶不懂武功而武功高手死在他手下，他靠的是匕首、寶衣、爐灰、砂子、蒙汗藥之類的東西。但作者寫韋小寶與別人搏殺時並無武功對壘較量的意義。無勝有是東方深厚的傳統智慧之一。《老子》一書就有出色發揮，所謂弱勝強、柔勝剛、愚勝智、拙勝巧之謂也。但它們並不能如文字表面那樣理解，而是另有哲理在內。而無勝有意為當某種本領或技能把它發揮到出神入化的地步時，就達到了隨心所欲的至境，遠勝過對它機械地掌握的境界，而隨心所欲的東西看起來是最平常的、最簡單的，看起來它就是「無」。「無」並不是「沒有」，而是從心所欲出神入化之意。「無劍勝有劍」的表述，兩見於金著武俠。初見於《神鵰俠侶》，楊過無意間得前輩遺下一口寶劍和劍譜。楊過默認「重劍無鋒，大巧不工」的道理，「自此精修，漸進於無劍勝有劍之境」（第二十六回〈神鵰重劍〉）。二見於《笑傲江湖》令狐沖得太師叔風清揚私授獨孤九劍秘旨：「要做到出手無招，那才眞是踏入了高手的境界。」「你的劍招使得再渾成，只要有跡可尋，敵人便有隙可乘。但如你根本並無招式，敵人如何來破你的招式？」（第十回〈傳劍〉）可見在金著武俠裡的「無劍勝有劍」是武學的境界，這境界來自傳統的哲學智慧。但金庸寫韋小寶時，並非在此種意義上刻畫韋小寶無武功勝有武功。韋小寶的「無」是眞正的「沒有」。他所以能夠取勝，不在於他「無」武功，而在於他能夠相機行事，以機巧取勝。而這並不是武功意義上的較量。認爲《鹿鼎記》強調「無劍勝有劍」的觀點，不是從小說文本中得到的結論，而是出於對韋小寶做人行事的表面判斷。康熙的武功就比韋小寶好，韋小寶就從來沒有勝過康熙。因爲他不可能以機巧對付這位「萬乘之尊」。

那麼，一部武俠中的奇書《鹿鼎記》究竟是何用意呢？不妨看看作者如何安排韋小寶的命運，金庸筆下韋小寶的命運是頗有意味的。他出身勾欄瓦舍的麗春院。以中國社會的眼光，可謂爛賤至極，然而半是機緣巧合半是天生本領，幾經曲折，都是逢凶化吉，遇難呈祥，居然步步高升，爵至一人之下萬人之上的鹿鼎公。韋小寶是金著武俠中僅見的成功人物。其他作品中的主要角色，從無韋小寶的能耐。雖然武功蓋世，但到頭來不是遠遁荒漠歸隱山林，就是遁入空門超度罪孽；不是悲壯亡身就是做平常人家。作者最後雖然也安排這位鹿鼎公不辭而別，帶著七位麗人不知所終。但那顯然出於作者的偏愛，出於韋小寶身兼武林中人的武俠小說套路。金庸花如許筆墨敘述一個與以往風格迥異的故事，刻畫一位財色兼收的有「大能耐」的人物，意圖顯然在於透過他的命運探究他逢凶化吉之所以然。在筆者看來《鹿鼎記》的文本已經很清楚了，韋小寶在江湖的芸芸衆生裡所以有驚無險遇難呈祥，就在於他機會主義本性和見風使舵隨機應變的機巧能耐。別人講道理應付不來的事，講規則應付不來的事，講書本應付不來的事，講武功應付不來的事，他統統迎刃而解，無不有即時的對策。金庸以一百五十萬字的筆墨塑造這樣一個人物，當是出於他對中國歷史和社會的體認，出於對中國文化的切身體會。金庸爲小說取名《鹿鼎記》，所謂鹿鼎，就是逐鹿問鼎之意。韋小寶憑著他的機巧、權變在江湖裡摸爬滾打，逐鹿問鼎，他自己也成了名副其實的鹿鼎公。小說第二十六回記韋小寶流落異域，本已身陷絕境，他竟以平日從民間說書聽來的謀略的皮毛，助人政變奪權，立了大功。金庸禁不住大發議論，寫下一段話，實有助於我們領略作者寫作《鹿鼎記》之旨：

> 中國立國數千年爭奪帝皇權位、造反斫殺，經驗之豐，舉世無以倫比。韋小寶所知者只是民間流傳的一些皮毛，卻足以揚威異域，居然助人謀朝篡位，安邦定國。其實此事說來亦不稀奇，滿清開國將帥粗鄙無學，行軍打仗的種種謀略，主要從一部《三國演義》小說中得來。當年清太宗使反間計，騙得崇禎皇帝自毀長城，殺了大將袁崇煥，就是抄襲《三國演義》中周瑜使計、令曹操斬了自己水軍提督的故事。實則周瑜騙得曹操殺水軍提督，歷史上並無其事，乃是出於小說家杜撰，不料小說家言，後來竟爾成爲事實，關涉到中國數百年氣運，世事之奇，那更勝於小說了。

韋小寶取勝固爲小說家言，荒誕得無人相信其爲實事。然而荒誕所投影的正是歷史和現實，映照出來的正是中國的人生。翻開一部二十四史，可歌可泣固然也有，然而韋小寶式的機巧、智謀、手段，簡直如數家珍，它是中國文化的一部分。當然它不是堂而皇之可供大肆宣揚的「祖國文化」，而是有心人秉燭夜讀的「國粹」。金庸以《鹿鼎記》爲「歷史小說」，此之謂也！

如果上述對作者意圖理解是有文本依據的話，就可以進而分析小說中存在的武俠文類規範與作者意圖的衝突。總的來說，金庸不願重複自己的不懈探索，在一定程度上超越了武俠文類所能容許的範圍，武俠小說這種文體包容不下作者力圖表現的意味。作者與讀者均以為《鹿鼎記》不像武俠小說，原因也在這裡。

傳統武俠小說均以刻畫武俠英雄人物為軸心，這已在武俠小說的演變歷史中形成了定式。假如一部武俠小說不以創造武俠英雄為軸心，至少在這一點上已經不像武俠小說了。金庸對中國社會歷史和文化裡的機巧、權變、詭計、不講規則、手段至上等特點的體認，其實並不是一個武俠形象及其命運所能包容和表現得了的。武俠人物形象的彈性空間並不足以容納如此深廣的文化內涵。但金庸恰恰選擇了武俠文類來表現這樣的意味。於是武俠文類本身的局限性就會限制作者意圖的表達。作者設計韋小寶這個人物時，保留了他部分地像武俠英雄的地方。金庸賦予他仗義疏財、對朋友講義氣的性格。這是凡為武俠人物都必定有的性格。假如金庸不賦予韋小寶這方面的性格，《鹿鼎記》就是徹底的非武俠了。但在小說文本裡韋小寶的這種仗義性格，作者強行加進去的痕跡很分明。作者為了遷就小說武俠文類的品味，於是在構思的時候作了調整，寫他的俠義性格，使之看起來像俠義道中人。但事實上，韋小寶的俠義性格與他擅長機巧權變、見風使舵的性格，並沒有審美的統一性，它們在美感的直觀形式中是不統一的。儘管作者寫了這樣一個韋小寶，但讀者仍然難以想像既是義膽忠心又是左右逢源的韋小寶。在金庸諸多武俠形象中，韋小寶是人工痕跡最重的一位武俠人物，其次就是段譽。武俠小說雖然免不了離奇與巧合，讀者也能適應這種文類特點，但離奇巧合得來卻要求有美感的統一性。韋小寶作爲武俠人物形象，問題並不在於以無武功屢勝高手的那種近乎神奇的地方，而在於這個形象本身性格矛盾給人美感上的不兼容。朝廷與天地會是對立的，韋小寶卻能兩面討好又不失俠義，他的形象雖有文本的根據，卻讓人覺得生硬。像康熙說的那樣，「小桂子，一個人不能老是腳踏兩頭船。你如對我忠心，一心一意的爲朝廷辦事，天地會的渾水便不能再蹚了。你倘若決心做天地會的香主，那便得一心一意反我才是。」（第四十九回〈好官氣色車裘壯　獨客心情故舊疑〉）爲了小說的「武俠味」，金庸不得不寫小桂子的俠義忠心；爲了寄託文化內涵，必須寫韋小寶的左右逢源。於是這位鹿鼎公只好兩邊「蹚渾水」。這「蹚渾水」便損害了人物性格的統一性，損害了形象本身的美感。

武俠文類自身是有意義表達上的限制的，相對固定的「程式」和「套路」的存在，使它不能如嚴肅文類那樣對經驗有廣闊的表達空間。寄寓在韋小寶這個形象上深刻而獨到的體驗，或許不易於以武俠小說的形式來表現，換一種形式可能會得到更好的美學效果。很明顯，金庸的刻意探索已經部分地撐破了武俠小說形式的限制，寫得終究不像武俠小說，但《鹿鼎記》的寫作依然是運用武俠小說的「程式」，使用武俠小說的「套路」。這就是它不統一的地方，讀者的見仁見智恐怕就是從這裡產生的。

四

武功也是武俠小說的一大程式。如要經營好一部武俠小說，離了比武熱鬧場面精彩的描寫和刻畫，恐怕是難以做到的。縱觀武俠小說的歷史，似乎存在一個趨勢，武功場面的營造在小說中占的分量愈來愈大。這不但指篇幅的擴展，而且也指它在小說中所占的地位。唐人傳奇中武功的成分較弱。《虬髯客傳》、《紅線》均從側面表現俠客作為「異人」的「異能」，沒有武功格鬥場面。《崑崙奴》與《聶隱娘》裡的武功也是三言兩語，幾個比喻，意圖突出俠客的神奇，並無拉開場面鋪陳敘述的意味。《水滸傳》裡對壘格鬥的場面營造稍微細緻了一些，但與唐傳奇一樣，只有情節推進過程中的點綴作用，不像民國以來的武俠小說，武功場面往往是情節關目中的「眼」。有「眼」則有如點睛之筆，全篇為之「做活」，無「眼」則全篇死氣沉沉。多少人物、事件的交代，多少鋪墊承接，都是為了武功打鬥高潮的到來。在武俠小說演變歷史過程中，武功場面從處於故事情節的從屬地位上升為情節的中心地位，它往往標誌著情節的高潮。武俠小說大都情節散漫，沒有中心結構，故事情節的組織大有神龍見首不見尾的架式。但不管故事情節怎樣散漫，故事裡的人物日常活動和比武格鬥必定是交替出現的。日常活動部分，包括群豪聚散、前因後果交代、談情說愛、琴曲高致、苦練武功等等，它們構成故事裡的「文戲」；而高手論劍、比武打鬥、復仇殺敵則構成故事裡的「武戲」。一會兒「文」，一會兒「武」，交替出現，造成一張一弛的節奏。武功場面在這種情節組織方式中獲得了相對獨立的意義。像故事裡群豪磨練武功，力求達至武學最高境界一樣，武俠寫手也極盡文筆所能，力圖寫出武功場面的新境界。

武功的寫法一直存在「寫實」與「寫虛」的分別。所謂「寫實」就是以樸實的文筆直寫武打場面，寫得較有實戰的逼眞性；而「寫虛」就是以渲染想像之筆，把武打場面寫得虛玄神奇。武俠小說表現的是行走江湖的「異人」，這些奇俠異人又是有大「異能」的。「寫實」的筆法肯定不足以刻畫出他們的「異能」。所以「寫虛」的筆法流傳廣泛，歷史悠久，而「寫實」的筆法竟不多見。《水滸傳》寫實，其武打的場面可以作爲「寫實」一派的代表。例如第三十三回〈施恩重霸孟州道　武松醉打蔣門神〉：

> 蔣門神見了武松，心裡先欺他醉，只顧趕將入來。說時遲，那時快，武松先把兩個拳頭，去蔣門神臉上虛影一影，忽地轉身便走。蔣門神大怒，搶將來，被武松一飛腳踢起，踢中蔣門神小腹上，雙手按了，便蹲下去。武松一踅，踅將過來，那隻左腳早踢起，直飛蔣門神額角上，踢著正中，望後便倒。武松追入一步，踏住胸脯，提起這醋缽兒大小拳頭，望蔣門神頭上便打。

這段敘述以武松爲主，嚴格按照事件發生的時空順序，每個細節都有交代，細節與細節的關聯符合事理，有武打實戰的逼眞性。這種筆法符合武松的形象。他只是一個孔武超勇意氣用事的英雄，畢竟不是俠客異人。「寫實」的文筆寫不出奇俠的神異，所以較爲正宗的武俠小說作家喜用虛玄之筆，把武打格鬥寫得神乎其神。唐人傳奇在武功描寫上起了奠基的作用，對後世武俠小說影響很大。《崑崙奴》寫一品派甲士圍剿捉拿崑崙奴磨勒：

> 磨勒遂持匕首，飛出高垣，瞥若翅翎，疾同鷹隼。攢矢如雨，莫能中之。

又如《聶隱娘》寫精精兒夜半行刺節度使，與聶隱娘格鬥：

> 是夜明燭，半宵之後，果有二幡子，一紅一白，飄飄然如相擊於床四隅。良久，見一人自空而踣，身首異處。

唐人之寫武功，與《水滸傳》相去甚遠。唐人用比喻表現奇俠的本領，或者抓住某一特徵加以發揮，只寫一點不及其餘，無形中隱去了特定時空的逼眞性。磨勒會「飛」，飛姿如「翅翎」，其快如「鷹隼」，甲士們的箭如「雨」。一連串的比喻創造出奇幻的效果。聶隱娘與精精兒的格鬥，變成紅白幡子飄飄然的追逐。一場武功較量被短短的幾筆渲染得空靈肅殺，神奇不可方物。

不過，無論是唐人小說還是《水滸傳》，無論「寫虛」還是「寫實」，作者有關武功的部分，文筆究竟比較簡單，是以單一的敘述來表現的。單一的敘述表現不可能使武功部分在情節發展中占據獨立的地位，只能作附屬的點綴。如武松打蔣門神那一段，比起整回敘述施恩如何怕武松氣力不濟，每日好酒好飯招待；兩人定下重奪快活林大計之後，施恩又怕武松醉酒打不過蔣門神，如何不讓武松喝酒，而武松如何愈喝愈有勁；待到出戰之日，如何一路喝將去快活林，痛打蔣門神只是圍繞酒作文章寫活武松性格的一個組成部分。武功場面在晚清武俠小說獲得情節的獨立意義，是依賴作家刻畫武功場面由「敘述法」轉向「戲劇法」而實現的。以敘述文筆寫武功，不存在場面營構問題，而以「戲劇法」寫武功，則一定有場面營構；諸如人物對話、內心活動、對方過招等等。有場面就一定有人物關係，如同戲劇裡人物衝突一樣，雖然仍然離不了敘述描寫，但武功場面的表現力吸引力就大大增強。武俠小說的趣味很大程度上就是由精彩的武功場面帶來的。論家以爲《兒女英雄傳》寫得精彩的是前十二回，尤以第六回爲佳⑰。而第六回〈雷轟電掣彈斃凶僧　冷月昏燈刁殲餘寇〉，恰恰就是寫十三妹與能仁寺諸謀財害命凶僧較量的回目。文康的寫法不再是三言兩語，幾個比喻就交代過去，而是鋪陳文墨。有拳術的家數介紹，也有過招的種種儀式；有雙方的試探和心理活動，也有奇俠凶僧對話的插科打諢；有細緻的招式交代，也有神幻莫測的出奇制勝。以晚清武俠爲開端，武功成爲武俠小說一個單獨的程式套路。因爲「戲劇法」的文筆大大地提高了武功的表現力，使它能夠容納以前所不能容納的內容，表現以前不能表現的意味。由敘述式的表現轉變爲戲劇式的表現，不僅僅是武功刻畫的細緻化，更重要的是，武功刻畫的細緻化帶來對武功本身的文化內涵、招式的語言趣味、武學境界的隱喻意味、人物性格表現的豐富性等的新發現。小說家逐漸意識到武功這一範疇，實是武俠小說未曾深入開採的寶礦，值得好好發掘，民國以後的武俠小說，武打場面的刻畫異彩紛呈，有的成功，有的失敗，但可以看出一個趨勢；寫手們各顯神通，標新立異，力求在武功的寫法上創出新意。

民國武俠小說中武功部分寫得比較差勁的是《荒江女俠》。小說主角玉琴和劍秋練成「能在千里內取人首級」的劍術（第七回）。顧明道的寫法，常受嚴肅批評家詬病，以爲荒誕不經⑱。不過，平心而論，武俠小說中的武功哪有不是荒誕不經的？小說中的武功本來就不是傳統的功夫。用荒誕離奇來批評寫得不好的武功似乎未搔著癢處。顧明道的毛病是文筆滯澀，寫來無生氣。寫來寫去，不是「一道白光」就是「一道青光」如何如何，不是人頭落地就是將人罩住。例如，「那道人聽了劍秋說話，勃然大怒，一亮手中寶劍，跳過來向劍秋一劍劈下，早有白光一道，將道人的劍托住，乃是玉琴忍不住，已放出劍光來了」（第十三回）。又如，「玉琴的白光，宛若游龍。二人抵敵不過，趁各間隙，收轉劍光遁去了」（第二十一回）。又如，「那眞剛寶劍卻使得寒光炫目，冷氣逼人，好像一匹白練左右上下飛舞盤旋，風姑娘實在抵擋不住，便把雙股劍虛晃了一陣，撇了玉琴向法明殺來」（第二十八回）。再如，「遂將手中寶劍一緊，舞得出神入化，變作一道青光。那黑衣少年也將寶劍緊緊迎住，上下翻飛化作一道白光，青白二光在庭中攪成一個大圈」（第三十五回）。顧明道翻來覆去只用譬喻形容劍術的神奇。除此以外似看不出文筆有什麼新奇變化。文筆的單調滯澀在武功場面的刻畫還在其次，關鍵在於作家能否寫出自己的武功境界。顧明道以神奇爲鵠的，只往「奇」字上去努力，尋來尋去，唯有取譬喻形容才能達到描繪神奇的目的。但是，武功場面的營構在武俠中是一個巨大的彈性空間，它可表達的意味內容，遠比「神奇」爲多。顧明道寫得差勁，這與他未有深入發掘武功這一豐富的表現內涵有關。而還珠樓主的《蜀山劍俠傳》中的武功場面就精彩得多。李壽民極盡鋪陳的能事，將複雜的較量娓娓道來，不時夾雜巧妙詞語組合形容武功招式，給讀者無窮的巧妙想像。第二集第八回寫余瑩姑與許鉞比武，一來以大段寫景鋪陳；二來

大段唇槍舌劍表現人物的語言機鋒；三來細緻入微的武功鋪陳，配合流暢頓挫的文筆，其中的神奇變幻眞正表現出武俠的趣味。特別是他繼承古代描寫武功較量時的常見手法：巧妙組詞形容武功招式或特徵。如形容余瑩姑越女劍法招式：「青鸞展翅」；形容許鉞槍法架式：「黃鶴沖霄燕子飛雲」、「怪莽翻身」等。這種手法不獨見於還珠樓主，《水滸傳》、《西遊記》屢見不鮮，《兒女英雄傳》中也有，但以還珠樓主用得最好。金庸描狀武功招式之奇的時候，也屢用此法。金庸恐怕從還珠樓主處獲益匪淺，鹿清有「降龍八掌」（《蜀山劍俠傳》第二集第三回），而洪七公也有「降龍十八掌」（《射鵰英雄傳》）。當然，此種手法大盛於還珠樓主，但運用到出神入化的地步的還是金庸。

總的來說，武俠小說在演變歷史中武功場面的描寫刻畫的分量和地位逐漸上升，爲作家的文才馳騁提供了一個廣闊的天地。民國以來的武俠作家大都十分注意營構武功場面，冀圖寫出武俠之爲武俠的趣味。當中有成功的經驗，也有失敗的教訓。但這已經是一筆既往的財富，金庸在這個起點上繼續探索，寫出了武功的新境界。金庸寫武功在下述三個方面都有獨到和創新的地方：巧妙組詞以形容武功及其招式的神妙；以莊禪哲理和人生智慧融化入武功描寫之中；武功較量的寫意化。金庸能夠繼承武功寫法的傳統筆法而有所融匯貫通，所以能夠自成一格，他在武功寫法上不愧爲集大成而又有開拓性貢獻的作家。

巧妙組詞以形容表達武功和招式的神妙是屬於文字技巧的範圍，舉凡小說的敘事、描寫、人物對話都要講究文字技巧，本不獨武功和它的招式爲然。但形容武功和它的招式卻特別地與如何巧妙組詞，把玩漢語語素之間的奇妙組合的技巧有異常密切的關係，很能考驗作家的文字技巧。換言之，武功和招式的形容，為實現和表現這種精妙的漢語語言技巧提供了一個廣闊的天地⑲。當然，把玩意合的漢語修辭技巧是與漢語本身的特點相聯繫的。漢語以單字作語素，每一語素自由獨立但又可與其他語素自由組合，憑語素之間的意合生出無窮無盡的修辭組合。作家探究、把握、創造出新奇悅目的語素組合，就能夠達到言簡意豐的目的，給讀者豐富的想像餘地。把玩意合的修辭技巧在詩、詞、曲、賦中應用最為廣泛，在日常語言運用上也屢見不鮮，諸如「丹鳳朝陽」、「花開富貴」、「龍衣翡翠」之類的菜肴取名。小說中講到武打或兩軍對壘時，這種語文技巧就特別派上用場，僅僅幾個詞彙組合，就可以把事物形容得生動活潑。《西遊記》中的孫悟空，就會使「高探馬」、「大中平」、「葉底偷桃勢」等式子（見第三十一回）。上文提到武松打蔣門神的拳腳叫做「玉環步」、「鴛鴦腳」（見第二十八回），十三妹也會使「開門見山」等式子（見第六回）。任何一種武功，不論它是真實的還是作家虛構出來的，理論上都有若干招式，每一招式又有若干動作組合，每一動作組合又由身體變化去配合組成。若用完全描寫性的句子去表達，一來不可窮盡它的動作過程，二來完全沒有必要用如此冗長的文字去表達它們。刪繁就簡，向古典詩詞學習，用一些語素組合加以概括性的表達，就能恰到好處。其一可以節省文字，以簡勝繁；其二可以給讀者留下想像的餘地，孫悟空的「葉底偷桃勢」到底如何？武松的「玉環步」到底如何個走法？十三妹的「開門見山」到底如何個探法？恐怕只有讀者自己去想像了。對中國語言文字愈敏感，修養愈好的讀者，其想像必定愈豐富、愈神妙。當然並不是隨便幾個語素的組合就能令讀者如醉如癡，語素的拼湊雖然靠「意合」，但作者終究要經一番「把玩」工夫。文字技巧的高下就在「把玩」的工夫深淺上表現出來。例如，孫悟空的那幾下手腳，「大中平」就遠不如「葉底偷桃勢」。因爲前者抽象而後者具象，具象才有讀者聯想猜測的發揮餘地。大體上說，愈能發揮讀者聯想的再創作活力的，愈能發揮中國語文本身魅力的，愈有虛玄窮究不盡意味的，就是愈好的修辭組合。

以上述標準看金庸武俠，他顯然達到了超過前人的水平。不過他也是經歷了一個過程，才漸漸悟到文字的魅力，注意在這方面苦下功夫。金庸初試牛刀的第一部武俠《書劍恩仇錄》寫到第一高手陳家洛的武功，諸如「五行連環拳」、「八卦遊身掌」、「百花錯拳」等，其中的招式有「寒鳴步」、「倒聳猴」、「鯉魚打挺」等等（見第三回）。設計得玄意不足，這些取名本身沒有多少魅力，令讀者想像發揮的餘地不夠大。寫到《射鵰英雄傳》的時候，作者這方面的文字日漸老練。玄意無窮的武功取名與細緻文筆的描繪相結合，寫武功寫到了爐火純青的地步。小說第四回寫「黑風雙煞」練成的武功「九陰白骨爪」。由韓寶駒在月光下發現三堆頭骨寫起，次寫各人均發現每頭骨都有五個窟窿，排成品字形，再寫柯鎮惡突然醒悟頭骨擺放與方位的關係。經層層渲染方畫龍點睛，推出威力無比的毒招「九陰白骨爪」。整個過程完全沒有作者的直敘代筆，靠人物對話推進情節，靠描寫增強氣氛。「九」爲《周易》文化中蘊含變數的數字，「陰」又暗示陰陽變幻無方和陰毒的意思，「白骨」陰森可怖，「爪」具象生動，合起來「九陰白骨爪」，加上寫江南七怪與黑風雙煞一場激戰，更把這武功形容到神奇的地步。場面敘述如此得法，對文字技巧的領悟如此之深，非高手不能。此種技巧拿來與嚴肅文學相比，不遑多讓。這個場面也是金庸武俠裡最精彩最有武俠味的場面之一。其他如洪七公、郭靖的「降龍十八掌」，張無忌的「九陽神功」，段譽的「六脈神劍」、「凌波微步」，令狐沖的「獨孤九劍」等，取名均十分考究。金庸自謙古典詩詞修養一般，但在民國以來武俠作家裡已算上乘。從他武功的取名看，金庸對漢語把玩意合的修辭工夫，應當說是很深厚的。

論家已注意到民國武俠描寫打鬥開始出現「內家功」與「外家功」的分別，將內功引進武功對壘，開創了武功描寫的新天地⑳。在只有外功的時代，作者的想像無非拳快如風、劍疾如電，想像究竟被限制在固定的時空領域。內功出現以後，又同中醫醫理掛上了鉤，平添了無數的筆墨供作家去寫氣功、經絡、脈象等半經驗半神秘的東西。而中醫的醫理又與古典哲學相通。於是武功描寫對於奇俠的意義，就不僅是神勇超群和仗義行俠，還有他自己對武功的領悟，而對武功的領悟實在就可以隱喻著對人生智慧的領悟。內功、外功隱藏的辯證關係可以象徵人生的辯證哲理。由內功外功展示出來的奇妙武功天地，在金庸筆下往往成為豐富的人生啓示的喻體。當然，一方面是武功的題材擴大到令它們可以表達比以往更豐富的主題內容，另一方面也是武俠作者主動以更高的思想境界去提升武功的題材，令它們能夠表達出更深刻的人生意義。

《射鵰英雄傳》寫西毒歐陽鋒勇武過人，一心一意要奪得那部載有天下無敵武功的秘笈《九陰眞經》，以練成絕世武功獨霸武林。滿足自己的野心是歐陽鋒的目的，他對實現野心的手段沒有絲毫的反省。但郭靖就不同，在練武中反省武學究竟所以然的道理（第三十九回〈是非善惡〉），以更高的人生理想駕馭武學，徹悟武學裡辯證的道理。二次華山論劍的時候，作者編了一段意味深長的情節。論劍定乾坤之前，西毒歐陽鋒急於爭得「武功天下第一」的名號。他捉住黃蓉，逼授《九陰眞經》，黃蓉胡亂說來，歐陽鋒練得走火入魔，但武功過人，居然也能「自學成才」，華山頂上連敗三大高手。在此緊急關頭被機智的黃蓉利用他稱霸的野心，激歐陽鋒與自己的影子比武，結果落荒而去。因爲求勝心切爲欲望所驅，脈象已然混亂，神志已然不清，情急之下被一個簡單的問題「我是誰」搞得「全身經脈忽順忽逆，心中忽喜忽怒」（第四十四回〈華山論劍〉）。歐陽鋒最後瘋瘋發狂，一身過人的武藝用不到正處（《神鵰俠侶》）。人生的手段、武藝需要以善的目的去駕馭，欲望終究不是人生的目的。像丘處機引先師重陽眞人語勸說郭靖那樣，「水能載舟，亦能覆舟，是福是禍，端的在人之爲用……。天下的文才武略，堅兵利器無一不能造福於人，亦無一不能爲禍於人也」（第三十九回〈是非善惡〉）。歐陽鋒亡於武藝，以禍人始，以禍己終。器用之爲物，可不愼哉？武學本領必須被高尙的人生目的所掌握，可以說是金庸對武學一個根本性的態度。金庸以佛法的眼光觀照江湖的恩怨，貪欲即是邪念，倚仗武功獨霸武林更是冤孽，邪念唯有克制、修養的工夫方能免去，冤孽唯有超度方能化解。武林中沒有慧根的高手，不能持修向善的蓋世絕才，終究逃不出無邊的佛法。《笑傲江湖》裡岳不群、林平之，一個爲了「一統江湖」，一個爲了報仇雪恨，按《辟邪劍譜》「自宮練劍」，東方不敗則神迷於《葵花寶典》，這三人修鍊如此陰毒的武功，完全背離持修向善的人生宗旨，當然就不會有好下場。

武功講究對壘較量，當然是勝負之爭，志在擊倒對手而取勝。但作家亦可以從中生發出另一理解，把它類同暗喻人生中的競爭，形式上是勝過對手，但實質都志在超越自我。所謂超越自我，就是從武學行爲中超度自身貪、嗔、癡、愛等欲念，達到玉宇澄清的境界。這樣武功的描寫就與人生的啓示有了隱喻式的聯繫。《神鵰俠侶》中有一場武打寫得很有特色。一燈大師的徒弟鐵掌幫幫主裘千仞法名慈恩，在華山頂上頓悟前非之後終於惡念潛長，不能入於證道之境。一日堤防潰決，以恩師爲仇人。可是一燈只盼他悔悟，任由慈恩一掌一掌劈來。「劈到得第十四掌時，一燈『哇』的一聲，一口鮮血噴了出來，慈恩一怔，喝道：『你不還手麼？』一燈柔聲道：『我何必還手？我打勝你有什麼用？你打勝我有什麼用？須得勝過自己，克制自己！』」此話說得慈恩一楞。楊過在旁感於大師捨身點化惡人的大德，使出獨孤求敗的絕技，以玄鐵劍逼裘千仞於死亡邊緣的絕境，使他從絕境中大悔平生。「慈恩挺腰站起跟著撲翻在地，叫道：『師父，弟子罪該萬死，弟子罪該萬死！』」大俠楊過也由此悟人生境界。「要勝過自己的任性，要克制自己的妄念，確比勝過強敵難得多，這位高僧的話眞是至理名言」（均見第三十回〈離合無常〉）。比武固然求勝人，但它究竟只是較低的境界，一燈的一陽指功夫並非勝不過慈恩。金庸寫他忍住不出手，實在是要襯托出超越表面勝負的更高境界。超越了區區的勝負之念，才能成爲一代大師。正如虛竹所想的，「學武講究勝敗，下棋也講究勝敗，恰和禪宗之理相反，因此不論學武下棋，均須無勝敗心……。《句法經》有云：『勝者生怨，負則自鄙，去勝負心，無爭自安。』」（《天龍八部》第三十一回）金庸寫武功，好以佛道哲理融入其間。如《笑傲江湖》風清揚授「獨孤九劍」予令狐沖，秘訣爲「無招勝有招」；《天龍八部》少林寺有七十二項絕技功夫，但每一絕技又有相應的慈悲佛法爲之化解等等。從嚴肅文學的觀點看，這些佛道莊禪哲理解說，亦不是多麼玄妙。讀者亦不必以參禪悟道的態度讀金庸武俠，但從武俠小說的藝術看，這是一個了不起的突破。好的文筆技巧還要有對人性、人生深入的見解來與之配合，方能成就一部好小說。文康的文筆甚好，敘事從容不迫，對話甚有個性，語言技巧圓熟，但就是人生的見解陳腐，辜負了天生的好文筆。佛道莊禪的哲理，雖不是什麼獨得之見，但其中悲天憫人的情懷、慈悲爲懷的處世態度、辯證思維的處事觀物立場，融化在武俠人物的性格之中，融化在武打對壘的故事和場面描寫之中，當能提升武俠文類的表現力和價值，給予人生有益的啓示。

正如金庸自己說的那樣，他寫作不願意重複自己。對於武功描寫也是這樣，金庸不願意停留在飛鏢、暗器、點穴、打坐、練氣、拳法、棒法、劍法等直觀的較量，他還追求把這些直觀的對壘較量寫出新意，而他這方面重要的手法就是寫意化。融文入武，以文寫武，琴、棋、書、畫、繡花女紅，無不可以融入武功較量之中。如同中國畫中的寫意法，京劇表演中的虛擬法，追求神似，不求形似。以琴棋書畫、繡花女紅之理點化武功，只求有「武俠味」，不求是否經得起時空世界那種逼眞性的推敲。本來中國語文特有的把玩意合的修辭就有寫意化的趨勢。這手法形容事物的方式，就是抓住事物的神意而遺棄事物的形骸。金庸將之配合高手對壘，以「文理」來貫串武打，整個場面就更加寫意。這方面金庸同樣開闢了一個武打的新天地。岳靈珊不時使出的一招叫做「岱宗如何」。這招「岱宗如何」究竟如何？金庸寫道，「只見岳靈珊右手長劍斜指而下，左手五指正在屈指而數，從一數到五，握而成拳，又將拇指伸出，次而食指，終至五指全展，跟著又屈拇指而屈食指，再屈中指」（《笑傲江湖》第三十三回）。作者其後交代，岳靈珊屈手指是在計算對方的方位、門派、身長、兵刃等，計準之後再用劍擊對手，無有不中。這招「岱宗如何」頗似今日高科技之巡航導彈，計準攻擊目標的數據方出擊。這在事實層面是十分荒唐的，可能手指未及屈完，對手的拳頭早已在眼前開了花。但讀者不可能去計較這些，只知此招語出杜甫詩：「岱宗夫如何，齊魯青未了。」〈望岳〉招式出自上佳詩文，未必不增人想像。角色在玩武，敘述者卻在玩文。岳靈珊與令狐沖同出自華山派，且看金庸如何寫他們二人對壘：

> 令狐沖無意之間使了一招「青梅如豆」，岳靈珊便還了招「柳葉似眉」。兩人原無深意，可是突然之間，臉上都是一紅。令狐沖手上不緩，還了一招「霧中初見」，岳靈珊隨手便是一招「雨後乍逢」。（《笑傲江湖》第三十三回）

恐怕連金庸本人也不知道「青梅如豆」「柳葉似眉」是如何的出手法。然而讀武俠之人如若深究，則難免刻舟求劍之譏。武打的描寫只要好看、有味就可爲上品。這段文字正是上品。原因是有了文謅謅的聯語。「柳葉似眉」對「青梅如豆」，「雨後乍逢」對「霧中初見」，十分工整，而且意象迷離，倍添想像。

金庸爲人物所設計的武功，常有令人想不到的絕處。東方不敗的制敵利器只是一根繡花針，繡花針可爲兵器，在現實世界中當是聞所未聞。金庸一支絕筆，就是要讀者聞其所未聞之事，刺激讀者的想像力。東方不敗與令狐沖交手，金庸寫道，「東方不敗『咦』的一聲，讚道：『劍法很高啊。』左一撥，

右一撥，上一撥，下一撥，將令狐沖刺來的四劍盡數撥開。令狐沖凝目看他出手，這繡花針四下撥擋，周身竟無半分破綻，當此之時，絕不容他出手四刺，當即大喝一聲，長劍當頭直砍。東方不敗右手大拇指和食指拈住繡花針，向上一舉，擋住來劍，長劍便砍不下去。」（《笑傲江湖》第三十一回〈繡花〉）雙指夾繡花針能撥擋利劍，這當是匪夷所思的事情，但武俠小說一向有不以逼真論高下的傳統，讀者也認同於這項傳統。只要上下文鋪墊得當，武功與人物性格吻合，愈離奇就愈有想像空間。東方不敗神迷《葵花寶典》，已經自宮，修得不男不女之身，連樣貌都變得妖異。這繡花針功自然吻合他的性格。以全篇小說的武功設計來說，如果人人都是一路拳法劍法，如《荒江女俠》那樣，就要失色不少。這文讒讒而出乎意料之外的武功設計，正是武俠小說所不可少的。《神鵰俠侶》第十二回〈英雄大宴〉與第十三回〈武林盟主〉，寫一燈大師的弟子朱子柳以筆爲兵器，以書法爲招式，與來自西藏的霍都對壘，比武如書法。作者交代，「朱子柳是天南第一書法名家，雖然學武，卻未棄文，後來武學愈練愈精，竟自觸類旁通，將一陽指與書法融爲一爐。」霍都則讀過詩詞，略識書法。當朱子柳以一套創自「房玄齡碑」的招法與霍都對陣時，霍都識得此書法，守得井井有條，不落敗陣。寫到此時，金庸奇筆一轉：

朱子柳見他識得這路書法，喝一聲采，叫道：「小心！草書來了。」突然除下頭頂帽子，往地上一擲，長袖飛舞，狂奔疾走，出招全然不依章法。但見他如瘋如癲、如酒醉、如中邪，筆意淋漓，指走龍蛇。

金庸這段文字，脫胎自杜甫〈飲中八仙歌〉的詩意：「張旭三杯草聖傳，脫帽露頂王公前，揮毫落紙如雲煙」。仇兆鰲《杜詩詳注》引《舊書》：「吳郡張旭善草書，好酒，每醉後，號呼狂走，索筆揮灑，變化無窮，有若神助」。以詩之意寫武打，金庸的筆意神奇，眞是妙不可言。武打的寫法如同角色的招式一樣，力求多變，行文無變，則遲滯淤塞不通，不能吸引讀者的興趣。相比於武俠文類的其他規範而言，武功是最要求神奇變幻而又最能夠衍生出多樣筆墨的方面。武打寫意化的手法，正是大大拓展了武俠文類的彈性空間，金庸在利用此彈性空間方面，無疑是最具創意與成績的一位。

五

金庸被論家讚譽爲「俠聖」、「宗師」。就金庸在武俠小說的成就論，是當得起這樣的讚譽，但畢竟需要從學理上多少給予批評和說明，才能有名副其實的感覺。本文從武俠文類的三大基本程式規範，即江湖、奇俠、武功入手，論述這些規範的形成和變化。從文類規範成長演變的角度來衡量批評金庸的武俠小說。筆者覺得這樣比較能夠說明金庸對武俠文類的貢獻。假如文體有盛衰的話，金庸在武俠小說史上的地位就相當於李杜在詩歌史上的地位一樣。一方面是個人天賦的才華，嚴羽「詩有別才」之謂也。批評只能指出才華的表現和所在，但並不能解釋它的來龍去脈。毫無疑問，金庸是一位極有才華的作家，批評對這些天作之才只有嘆爲觀止。另一方面，金庸也未嘗不是生逢其時。要講透作家的生逢其時，就要從歷史、從文類的傳統和積累來說明。金庸爲代表的新派武俠，剛好在武俠文類積累了相當成就，奠定了一個大發展的基礎之時破土而出，這是一種幸運。所以從這個角度也可以說金庸生逢其時。他把武俠文類的基本規範推至輝煌的頂點，每一程式套路均已發揮得淋漓盡致。對後來者而言，自然就沒有那麼多的迴旋發揮的餘地了。看來，金庸之後，武俠的式微是合乎道理的。因爲這個舞台的主角金庸已經做定了，別人再來參演，恐怕只能做跑跑龍套的配角。當然，人類文學未走到盡頭一日，都不能說得太絕。或許會有化腐朽爲神奇的天才出世，一掃頹風，重振甚至勝過昔日的聲威。但這個假設只好由時間去證實。它在未證實之時，筆者只能爲，因爲有了金著武俠，武俠小說已經沒有多少寫頭了。

注釋：

❶見方彪：《鏢行述史》及該書白化文的〈序〉，現代出版社，一九九五年版。

❷曹正文《中國俠文化史》中稱他們爲「民國武俠小說十大家」，並附有十人的傳記資料。上海文藝出版社，一九九四年版。

❸聞一多引 Bliss Perry 語。見〈詩的格律〉，《聞一多全集》第三卷第四一一頁，三聯書店，一九八二年版。

❹見冷夏：《文壇俠聖——金庸傳》（廣東人民出版社，一九九五年版）、曹正文《中國俠文化史》

等。武俠分新、舊派，最初出於香港的論者。陳平原認爲武俠而分新、舊派，「更多的是出於地域和政治上的考慮，而不是由於藝術把握的需要。」（見《千古文人俠客夢》第六一頁，人民文學出版社，一九九二年版）不過，在筆者看來，武俠分新、舊派更重要的是分析上的方便。

❺楊毅：《中國現代小說史》第三卷第七〇八頁，人民文學出版社，一九九三年版。當時的新文學家對武俠小說一般是持貶斥態度的。見鄭振鐸：〈論武俠小說〉，收入論文集《海燕》，新中國書店，一九三二年版。沈雁冰：〈封建的小市民文藝〉，《東方雜誌》第三〇卷第二號，一九三三年二月。

❻見陳平原：《千古文人俠客夢》第六章〈笑傲江湖〉。

❼曹正文：《中國俠文化史》第九四頁，上海文藝出版社，一九九四年版。

❽白先勇：〈驀然回首〉，載《白先勇自選集》第三〇三頁，花城出版社，一九九六年版。

❾見冷夏：《文壇俠聖——金庸傳》第五四至五五頁。廣東人民出版社，一九九五年版。

❿佟碩之〈梁羽生〉：〈金庸梁羽生和論〉，見《梁羽生及其武俠小說》，香港偉青書店，一九八〇年版。

⓫見《隨筆》一九八三年第六期，花城出版社。

⓬同注❻，第一一一頁。

⓭同注❽，第一七一頁。

⑭參見冷夏：《文壇俠聖——金庸傳》。在諸本金庸傳記之中，此傳較爲詳盡。所提到的事情，亦似言之有據，惜乎文筆的「文學性」太濃。

⑮倪匡爲金庸十四部武俠作了一個先後排名，列《鹿鼎記》爲第一。冷夏也以《鹿鼎記》爲「顛峰之作」。見《文壇俠聖——金庸傳》第一七三頁。

⑯冷夏：《文壇俠聖——金庸傳》第一六六頁。

⑰游國恩等著《中國文學史》第四卷：「十三妹的形象前半部比較鮮明，富有俠義氣息」。人民文學出版社，一九六四年版。管林、鍾賢培：《中國近代文學發展史》：「《兒女英雄傳》前十二回在民間影響很大，『悅來店遇險』、『能仁寺遇難』歷來是戲曲舞台和說書場上盛行不衰的節目」。中國文聯出版公司。

⑱參見楊毅：《中國現代小說史》第三卷第十章第一節〈舊派小說之蛻變〉。

⑲參見中小龍：《語文的闡釋》第八章〈漢語的文化特徵與漢語修辭學傳統〉，遼寧教育出版社，一九九一年版。中小龍認爲漢語是一種「具有藝術氣質的語言」，把玩語素之間組合本身就是很巧妙的修辭技巧。事實上，這種修辭傳統不但在詩文，而且在小說中也有廣泛的使用。

⑳參見陳平原：《千古文人俠客夢》第五章〈仗劍行俠〉。

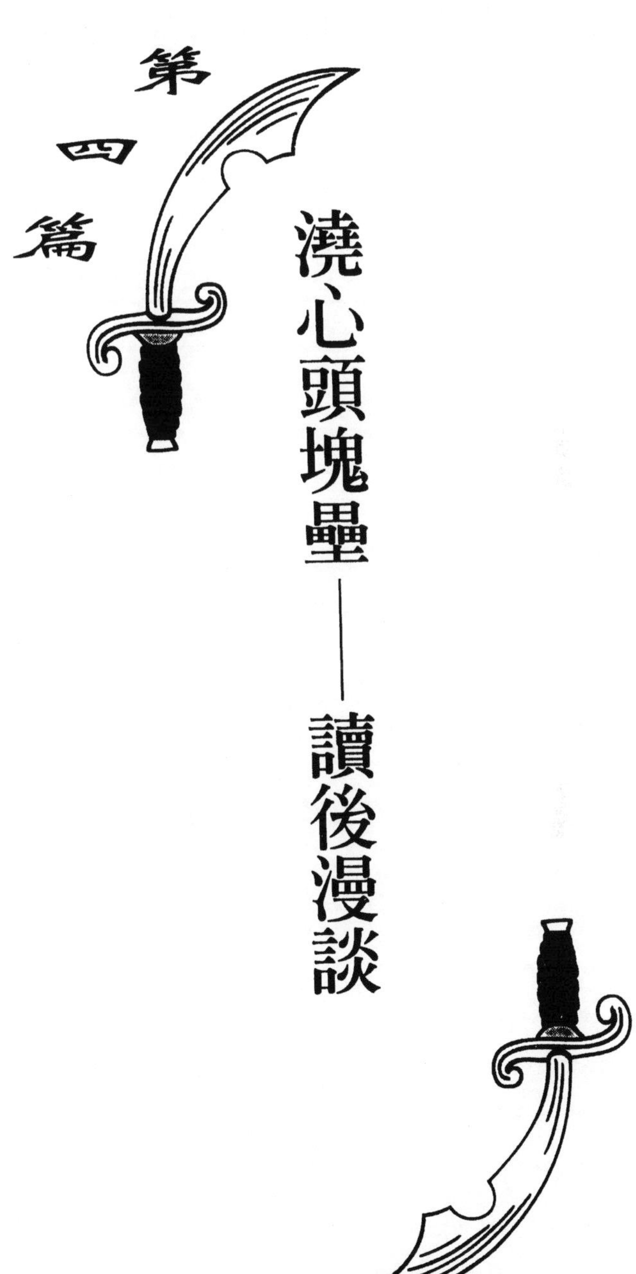

第四篇

澆心頭塊壘——讀後漫談

金庸印象

馮其庸

贈金庸

千奇百怪集君腸，巨筆如椽挾雪霜。
世路崎嶇難走馬，人情反覆易亡羊。
英雄事業春❶千斛，烈士豪情劍一雙。
誰謂窮途無俠筆，青史依舊要評量。

一九八一年秋，我應美國史丹福大學之邀，赴美講學，住 Palo Alto。居停主人陳治利先生和他的夫人王肖梅女士，都是金庸迷，家中藏金庸小說甚富，我因得以一一取讀，這也是我讀金庸小說的開頭。

我每讀金庸小說，只要一開卷，就無法釋手，經常是上午上完了課，下午就開始讀金庸的小說，往往到晚飯時，匆匆吃完，仍繼續讀，通宵達旦，直到第二天早晨吃早飯，才不得已暫停。如早飯後無事，則稍稍閉目偃臥一回，又繼續讀下去，直至終卷而止。記得第一部讀的是《碧血劍》，我讀了一個通宵，第二天白天，稍稍處理了一些事情，就將此書讀完。以後每部書的開讀，大抵都是如此。雖然書的

卷數有多有少，讀的時間也不完全相同，但通宵不寐地讀金庸的小說，成了我最大的樂趣。後來我到耶魯大學，遇余英時兄，暢談的內容之一，就有金庸的小說。我在史丹福大學圖書館，也遇見不少金庸迷，他們有的竟能背誦金庸小說裡的詩詞，有的還模仿著小說裡人物的語氣作歌唱。

我後來碰到許多香港朋友，他們也給我講述金庸小說席捲歐美的情況，用過去的老典故「洛陽紙貴」來形容這種盛況，是遠遠不夠的了。我在美國，一直讀到把陳先生所藏的金庸小說統統讀完，大約已占金庸小說的三分之二，才不得不暫時停止。但是，隔了些時候，就覺得當初讀得太快，來不及品味，所以又回過頭來重讀了幾部。

八二年回國後，一因事忙，二因無書（原先一九八〇年我從美國參加國際《紅樓夢》研討會路過香港時，曾承金庸先生贈《天龍八部》一部，當時未及展卷，不久即再赴美國，故寒齋僅此一書），故雖在美時得快讀金庸小說，歸後仍無緣再讀，前歲，復得金庸先生惠寄《鹿鼎記》一部，乃急發而讀之，雖在美時已讀過一遍，此時重讀，如逢故友，頗有別來無恙之感。從此，我讀金庸小說之積癖又大發作而不可復止矣。幸友人馬力兄知我此癖，次第為我羅致饋贈，乃得重溫在加州時臥讀金書通宵不寐之樂，雖於金庸小說尚不能得其全，且不及在加州所讀之富，然亦已得其過半，差堪告慰矣。

有的朋友問我，為何對金庸小說如此入迷？我簡單地答覆，那就是一個字：好。或者說，它對我有強烈的吸引力。如果要我詳細回答，那就不是簡單的談話，而是對我進行考試了。說句老實話，我對金庸小說，也還沒有能力做到看了一遍二遍就能作出像樣的評論來，就我已經讀過的將近三分之二以上的金庸小說來說，我認爲金庸小說所包含的歷史的、社會的內容太廣泛了，也就是說金庸小說所包含的學問太廣泛了，沒有一定的歷史的、社會的知識，不認眞地當作做學問來讀他的書，當作做學問來評論他的書，僅僅從傳奇性、強烈的故事情節性來讀他的書和評論他的書，恐怕是很難中的。或者，企圖簡單地搬用幾條文藝學的理論來評論他的書，合乎條文的就認爲好，不合條文的就不好，那也很難對金庸的小說作出中肯的評論。我自己既沒有做到用做學問的態度來讀他的書，自然也就做不到用做學問的態度來評論他的書了。

但是，我先說點讀後的印象，當然也是可以的。因爲印象有深有淺，它不算學問，說錯了也無關緊要。

我認爲：第一，金庸小說所包含的歷史的、社會的內容深度和廣度，在當代的俠義小說作家中，是極爲突出、極爲罕見的。當然，他的作品並不是歷史小說，而是俠義小說。其故事情節和人物主要是虛構的，即使有些確是歷史人物，但他也並不是按照正史的傳記資料亦步亦趨地來寫的，而是重新虛構創造的。——儘管如此，他的小說仍然涉及歷史和廣泛的社會。一位小說家具備如此豐富的歷史、社會知識，而且文章如行雲流水，情節似千尋鐵鏈，環環相扣，不可斷絕，而且不掉書袋，不弄玄虛，平平敘來，而語語引人，不可或已，這已是十分難得的了。何況他十多年來，所寫小說之富，實在驚人，這在中國古今小說史上，恐怕也是不多見的。而這許多小說，雖然故事有的有連續性，但卻無一雷同，無一複筆，這需要何等大的學問，何等大的才氣，何等大的歷史的、社會的和文學的修養？把他的小說加在

一起看看，難道不感到是一個奇蹟式的現實麼？難道不感到這許多卷帙，是一座藝術的豐碑麼？

第二，金庸小說所涉及的思想，可以說是諸子百家、九流三教，幾乎包羅一切，而在文學方面，則詩、詞、歌、賦、對聯、謎語、小曲應有盡有，而且都十分妥帖得體，毫無勉強做作或捉襟見肘之感，相反的，卻使人感到遊刃有餘，長才未盡。然而其中最重要之一點，我感到他書中貫穿始終的思想，是一種浩然正氣，是強烈的正義感和是非感！作爲俠義小說，當然離不開俠和義，但是，他不是舊式的江湖幫會之間的恩恩怨怨，或者個人的路見不平，拔刀相助，也不是忠臣義士、清官廉吏與奸黨邪惡之間的矛盾鬥爭，我感到他的小說所要表達的主要思想，即處於主導地位的思想，遠遠高出於以上這些舊式的俠義小說所習慣於表達的思想。讀他的小說，常常使人感到他筆下的一些英雄人物，具有一種豪氣干雲、一往直前的氣概，他給人以激勵，給人以一種巨大的力量，一種要竭盡全力去爲正義事業奮鬥的崇高精神！並且，他筆下的人物，也使人感到有深厚的民族感情和愛國思想。

第三，從藝術上看來，金庸所創造的一些人物，就其主要者來說，並不乏有血有肉的成功形象，例如蕭峯、陳家洛、文泰來、霍青桐、郭靖、黃蓉等這些藝術形象，都是令人難忘的，具有很強的感人力量的，有誰讀過這幾部小說而不被這些藝術形象感動的麼？我看，對這些藝術形象竟會無動於衷的讀者，恐怕即使有也畢竟是極少數。當然就金庸所創造的全部小說人物來說，具有較強的感人力量的，絕不止上面所提到的幾個，這裡只是略舉一二而已。一個小說家，能夠留下若干個藝術形象在讀者心目中不會忘記，能夠在小說藝術形象的人物畫廊裡占有幾席位置，這就是十分難得的了，這就是一個小說家成功的標誌。

第四，我特別感到印象深刻的是金庸小說的文學性，它與一般舊式的和時行的俠義小說有顯著的不同，它不僅是小說的語言雅潔，文學性高，行文流暢婉轉；也不僅是有詩有詞，而且都不是湊數之作，而是相當令人耐讀的，更重要的是作品中時時展現出一種詩的境界，一種特別美好的境界。用習慣的話來說，就是有各種各樣的意境，讀後令人猶如身歷其境，感到是一種藝術的享受，一種令人陶醉的美感。這標誌著他的小說的文學素質，而不是僅僅如一般俠義小說之以情節的緊張給人以吸引力。尤其應該指出的是金庸小說場面之闊大，意境之奇麗，是遠遠超越於以往的同類小說的。特別是金庸極善於寫一個個的大場面鬥爭。如《書劍恩仇錄》中寫鐵膽莊、寫劫獄、遊湖、寫霍青桐破敵等場面，《天龍八部》中寫蕭峯大戰聚賢莊等等的場面，都是驚心動魄，虎虎有生氣的，我們讀《水滸》至鬧江州，已經感到文章花團錦簇，熱鬧非凡，而又井井有序，好看煞人了，我讀金庸小說中的許多大的鬥爭場面，時時感到作者的筆下雖然在驅遣著千軍萬馬，但卻運筆如椽，頭緒井然，實不讓古人。

第五，金庸小說情節的柳暗花明，絕處逢生，或天外奇峰飛來，這種令人拍案叫絕的地方，往往隨處可見，在未往下讀時，已覺山窮水盡，既往下讀後，又覺路轉峰迴，情隨景移，合情合理。正是由於這些，常常令人手不釋卷，總讓你要一看究竟。這一點，可以說金庸的小說大大發展了俠義小說的傳奇性。傳奇性，這本來是俠義小說本身應有的不可或缺的特點，如俠義小說而不帶某種傳奇性，反倒令人不滿足，甚或失去其特色。問題是在於這種奇峰天外飛來之筆的可信程度，前後情節連接的合理程度，也即是傳奇性與可信性的一致，從這一點來說，金庸小說常常又使你感到奇而不奇，甚至讀而忘記其奇。

當然，我並不是說，金庸小說裡所描寫的，都是現實的可能的而不是超現實的想像的虛幻的。我當然不是這個意思。我只是說，他的小說，從情節的發展來講，雖然奇峰突起，意外之至，但卻又使你感到來去有自，合情合理，並非信筆亂寫，因之他能令人身入其境而忘記其奇。

有的朋友對我說，金庸小說，好則好矣，只是太奇太怪，荒誕不經，有一些讀者有這樣的意見，我認爲是可以理解的，並沒有必要強求一致。問題是對這類小說的要求，應與《水滸》、《三國》、《儒林外史》、《紅樓夢》區別開來，就說是《紅樓夢》吧，也還有太虛幻境之類的描寫，俠義小說之有一定程度的或較大程度的超現實性或幻想式的神奇性，我認爲是可以的，我們不能用評價現實主義小說的眼光去評價俠義小說。

以上這幾點，或者可以算我讀金庸小說的一點簡單概括吧。當然，這樣的概括，必有很多的疏漏，何況我臨文之際，又無時間再稍稍檢讀，只能憑印象，因此，我並不敢希望自己的意見條條都對，充其量，只希望我的主要意見，不要違背廣大讀者的共同感受，這就已經算是我的奢望了。——我相信我的這一點希望是實際的。

不過，我倒想說說我讀金庸小說的一點點粗淺的體會：儘管金庸小說寫得那麼富於傳奇性，帶有較爲濃厚的神奇色彩，但我在讀他的小說時，第一步當然是進入小說的情節、爲他的小說情節緊緊吸引，甚或常常擔心小說中某些人物的命運，被小說人物的喜怒哀樂感染。在經過這一步後，在已經熟悉了小說的人物情節和作者所抒發的基本思想以後，第二步我就常常試從這些人物、故事情節中跳出來，所謂「得意而忘言，得魚而忘筌」，換一個角度，從人生的哲理、從歷史的哲理、從生活的哲理來咀嚼其意味。曹雪芹說：「滿紙荒唐言，一把辛酸淚，都云作者癡，誰解其中味！」金庸的小說，當然更是「滿紙荒唐言」了，那麼，究竟「其中味」是什麼呢？難道不可以深長思之麼？我前面說過，他在小說裡貫穿的那種浩然正氣，那種強烈的正義感、是非感，那些英雄人物磅礴的豪氣，那種民族感、愛國心，不正是透過這些故事情節和人物行爲傳布給讀者的麼？但是，我感到我所感受的，還只是小說的思想、感情的部分內容，這是容易被我們感受到的內容，而金庸小說的思想內涵，我感到還有更值得探索的東西在，需要我們作認眞的努力。而這，我當然不是從消極的方面來講的，而是指小說的積極意義。

文藝作品的社會作用當然是極爲複雜的，如果認爲一部好的作品，其社會效果只能起好的作用，那未免把複雜的事物看得簡單化了。事實上，世界上恐怕從來就沒有只起單純作用的文藝作品，尤其是小說。當然，如果作品主要的方面是積極的，那麼，其所起的積極作用也會超過其消極作用，因此對於作家來說，我們希望他們多創作出好的作品來。但是，我們絕不應該要求作者的作品只能起單一的好作用，這是作者所無力能做到的，就是施耐庵、羅貫中、曹雪芹，或者王實甫、關漢卿、湯顯祖，他們都不能保證他們的作品只起好的單一作用，因爲作品的社會作用問題，作品本身只是一個方面，另一方面，還有讀作品的人的動機、目的和他的文化素養等等因素在，而這同樣是十分重要的不容忽視的一

面。

金庸的小說所反映的歷史生活面、社會生活面如此之廣闊，在他的作品裡，各色各樣的人物都有，而且也確實不乏窮凶極惡之人，因爲他所要寫的是社會，而社會是複雜的而不是單一的，由此，他的小說所起的作用，當然也不是單一的，因此我贊成應該對他的小說作認眞的研究，很好地來分析他的作品，引導人們來理解他的小說的積極的思想內容和藝術成就。前些時候，看到一篇文章，提倡要研究金庸的小說，而且他稱關於研究金庸小說的學問，叫作「金學」。我想這位朋友有見解，是有道理的，不應該僅僅把它作爲談資。

（此文原載《中國》一九八六年第八期）

注釋：

❶《洛陽伽藍記》卷四：市西：「不畏張弓拔刀，唯畏白墮春醪。」又李白詩：「紀叟黃泉裡，還應釀老春。」皆以「春」名酒，此處即用此意。

一場靜悄悄的文學革命

嚴家炎

如果說「五四」文學革命使小說由受人輕視的「閒書」而登上文學的神聖殿堂，那麼，金庸的藝術實踐又使近代武俠小說第一次進入文學的宮殿。這是另一場文學革命，是一場悄悄地進行著的文學革命。——《明報月刊》

今天，北京大學在這裡舉行隆重儀式，授予查良鏞先生名譽教授稱號。我作為中國現代文學的一名研究者，首先要向查先生表示熱烈的祝賀！

一、中華文化的巨大之謎

查良鏞先生可以說是華人世界擁有讀者最多的一位作家。他用「金庸」為筆名發表的武俠小說，贏得了各種層次讀者的喜愛，眞正做到了雅俗共賞。「金庸熱」已經持續了三十多年：最初是港澳讀者歡迎，以後從港澳「熱」到了台灣和東南亞，再「熱」到海外華人世界，八○年代又「熱」到了大陸。不但市民、青年學生和有點文化的農民愛讀，而且連科學家、工程師、大學教授、政治家乃至一些領袖人物也會入迷。像世界聞名的科學家楊振寧、李政道、陳省身、華羅庚，像國際著名的中國文學專家陳世驤、夏濟安、程千帆，他們都喜歡閱讀和談論金庸小說。在科學昌盛的二十世紀，金庸的武俠小說竟然擁有這樣多的讀者；在「五四」文學革命過了七十多年，新文學早已占有絕對優勢的今天，武俠小說忽然又如此風靡不衰；這難道不是本世紀中華文化的一個巨大的謎嗎？

金庸武俠小說受到廣大讀者歡迎絕不是偶然的。它雖然產生在香港商業化環境中，卻沒有舊式武俠小說那種低級趣味和粗俗氣息。金庸小說不僅有神奇的想像、迷人的故事，更具有高雅的格調，深邃的思想，通俗而不媚俗。他的小說武俠其表，世情其實，透過衆多武林人物的描繪，深入地寫出歷史和社會的人生百態，體現出豐富複雜的現實內容和作者自身的眞知灼見。像《天龍八部》透過蕭峯之死所揭示的民族鬥爭尖銳年代造成的悲劇，包含了多麼巨大豐富、發人深省的內容，藝術力量又是多麼震撼人心！《射鵰英雄傳》、《神鵰俠侶》、《碧血劍》又以多麼生動感人的小說筆墨，塑造或讚美了郭靖、袁崇煥這類爲民衆利益獻身的「中國的脊梁」式的人物，弘揚著中華民族的凜然正氣！《笑傲江湖》刻畫的岳不群、《鹿鼎記》所寫的韋小寶等形象，完全稱得上是很有深度的藝術典型，熔鑄著作者對生活的獨特發現，具有極大的認識意義。「文革」初期，林彪、「四人幫」的氣焰如日中天，個人迷信極其盛行，敢於在那樣的年代，透過小說對這類現象加以諷喻，這需要多麼超卓的膽識！在思想的深刻、獨到方面，金庸小說不亞於一些新文學大師的傑出作品。金庸小說雖然用幾百年前的歷史做背景，卻滲透著眞正的現代意識：既有反對封建專制的民主思想，也有反對民族壓迫的平等觀念；既有樸素的階級意識，也有弗洛伊德、榮格以來的現代心理學知識，還有現代的悲劇觀念、喜劇觀念以及《鹿鼎記》所代表的先鋒意識。金庸小說深烙著鮮明的時代印記，是二十世紀中西文化交匯時代的產物。

二、武俠小說的高層次昇華

金庸武俠小說包含著迷人的文化氣息、豐厚的歷史知識和深刻的民族精神。作者以寫「義」爲核心，寓文化於技擊，藉武技較量寫出中華文化的內在精神，又藉傳統文化學理來闡釋武功修養乃至人生哲理，做到互爲啓發，相得益彰。這裡涉及儒、釋、道、諸子百家，涉及千百年來中華民族衆多的文史科技典籍，涉及傳統文學藝術的各個門類，如詩、詞、曲、賦、繪畫、音樂、雕塑、書法、棋藝等等。作者調動自己在這些方面的深廣學養，使武俠小說上升到一個很高的文化層次。像陳世驤教授指出的《天龍八部》那種「悲天憫人」、博大崇高的格調，沒有作者對佛教哲學的眞正會心，是很難達到的。我們還從來不曾看到過有哪種通俗文學能像金庸小說那樣蘊藏著如此豐富的傳統文化內容，具有如此高超的文化學術品位。如果讀一讀《碧血劍》附錄的那篇〈袁崇煥評傳〉，我們就會知道作者在一些有關的歷史問題上曾經下過多大的功夫，並形成多麼精闢的見解（有些見解可以說遠遠超過了研究袁崇煥的歷史學家）。金庸的武俠小說，簡直又是文化小說：只有想像力極其豐富而同時文化學養又非常淵博的作家兼學者，才能創作出這樣的小說。

三、以精英文化改造通俗文化的「全能冠軍」

從藝術上說，金庸小說有不少稱得上是文學精品，和市面上那些粗製濫造之作大相逕庭。作者運用西方近代文學和中國新文學的藝術經驗去創作武俠小說，改造武俠小說，將這類小說提高到前所未有的水平。在金庸筆下，武俠小說被生活化了。金庸重視小說情節，然而絕不任意編造情節，他更看重的是人物性格，相信「情節是性格的歷史」，堅持從性格出發進行設計，因而他的小說情節顯得曲折生動而又自然合理，既能出人意外，又能在人意中。金庸小說又很講究藝術節奏的調勻和變化：一場使人不敢喘氣的緊張廝殺之後，隨即出現光風霽月、燕語呢喃的場面，讓人心曠神怡，這種一張一弛、活潑多變的藝術節奏，給讀者很大的審美享受。金庸還常常用戲劇的方式去組織和結構小說內容，使某些小說場面獲得舞台的效果，既增強了情節的戲劇性，又促使小說結構趨於緊湊和嚴謹。金庸的語言是傳統小說和新文學的綜合，兼融兩方面的長處，傳神而又優美。他的小說發表之後，還要不斷打磨，精益求精，有的修改三、四遍，有的簡直是重寫，這種嚴肅認眞的創作態度，與「五四」以來優秀的新文學作家也如出一轍。金庸對過去各種類型的通俗小說，當然是注意汲取它們的長處的，我們從他的小說中，常常可以感覺到作者綜合了武俠小說、言情小說、歷史小說、偵探小說、滑稽小說等衆多門類的藝術經驗，創造性吸收，從而使他成為通俗小說的集大成者。但是，金庸借鑒、運用西方近代文學和中國新文學的經驗去創作武俠小說，使他的小說從思想到藝術都呈現出新的質素，達到新的高度，這卻是根本的和主要的方面。金庸小說實際上是以精英文化去改造通俗文學所獲得的成功。有容乃大。金庸這種多方面的借鑒、汲取和創新，使他成為一位傑出的小說大師，他在武俠小說中的地位不是單項冠軍，而是全能冠軍。

四、新的文學革命

文學歷來是在高雅和通俗兩部分相互對峙、相互衝擊又相互推動的機制中向前發展的；高雅和通俗的相互制約又相互影響，是文學發展的內在動力。在中國長期的封建社會中，小說被看作「閒書」、「小道」，而不能進入文學的殿堂，這嚴重阻礙著文學的發展。七十多年前的「五四」文學革命，終於打破上千年的偏見，使小說登上了文學這個大雅之堂。這是當時那場文學革命的巨大歷史功績。然而，這場革命又是不完全的。「五四」先驅者只把新文學中的小說抬了進去，對當時流行的通俗小說卻鄙視而持否定的態度（新文學本身的某種歐化傾向也與此有關），通俗文學幾十年來只能轉入社會底層，成為文壇底下的一股潛流。儘管趙樹理那樣的有志之士企圖汲取通俗文學經驗創制一種新文學，使它能在農民中扎根，但整個來說，通俗文學及其在文學發展中的作用依然不受重視。金庸小說的出現，標誌著運用中國新文學和西方近代文學的經驗來改造通俗文學的努力，獲得了巨大的成功。如果說「五四」文學革命使小說由受人輕視的「閒書」而登上文學的神聖殿堂，那麼，金庸的藝術實踐又使近代武俠小說第一次進入文學的宮殿。這是另一場文學革命，是一場靜悄悄地進行著的革命。金庸小說作為二十世紀中華文化的一個奇蹟，自當成為文學史上光彩的篇章。

我們衷心欽佩查良鏞先生在事業上和文化上取得的雙重的巨大成就，並向他致以最誠摯的敬意！

大雅大俗話金庸

曹正文

一

「金庸小說熱」是八〇年代中後期在大陸形成的。凡有賣書處，必有金庸書。金大俠和他的十四部小說風靡大陸，同時也成爲有識之士的研究話題。

中國是崇尚讀書的古國，中華民族又是一個以品書爲樂的禮儀之邦。在中國的歷史上，很多作品都是暢銷書，比如《詩經》、《史記》、李白、蘇軾的詩詞，比如《牡丹亭》、《西廂記》，比如《三國演義》、《水滸傳》、《西遊記》、《紅樓夢》等等，都盛極一世，萬人爭讀。這一類書不僅是暢銷書，又是長銷書。筆者以上例舉的一些作品，印數都在百萬冊以上，而且在今天仍然是一版再版。那麼，金庸的武俠小說是否能如此呢？如果金庸的武俠作品能長久暢銷又是什麼原因呢？筆者試作以下分析。

二

首先，讓我們弄清兩類暢銷書，第一類暢銷書是因為發表時有轟動效應，或者因出版商的炒作，或者因作者本人的知名度，或者因為這本書獨特的政治背景，這類書可能是風雲一時，引起洛陽紙貴。但就這一類書的本身價值而言，其收藏的可信度並不高，思想深度欠缺和藝術品味欠佳，都可能成為書壇上一現的「曇花」。而另一類書的暢銷，是源於該書本身的價值，如中國古典四大名著的暢銷，並不是人為的炒作因素，而是經過了若干歷史年代，經過了廣大讀者的鄭重選擇，終於成為人們案頭的經典之作。

那麼，金庸的武俠小說能否與「中國四大古典小說」媲美呢？我們先來對「中國四大古典小說」作一次分析。

在藝術水準上，《三國演義》、《水滸傳》、《西遊記》、《紅樓夢》各有長處，各有自己獨特的魅力。《三國演義》寫古代軍事戰爭，每一次對壘，每一次勝負，幾乎都不雷同，寫得激烈，寫得精彩，透過戰爭寫人物，實在難得。《水滸傳》寫農民起義，綠林好漢替天行道，有一點武俠的味兒。寫得最成功的是人物，一百零八將，不能說人人各具面目，但有獨特個性的好漢不會少於三分之二。《西遊記》明寫神怪世界，孫行者助唐僧取經，歷經九九八十一難，沿途妖怪不同，用的妖法更不同，上天入地，騰雲駕霧，呼風喚雨，七十二變，好看至極！《紅樓夢》寫兒女情長，寫大有大的難處，寫從地位到婚姻的人與人的明爭暗鬥。故事好，人物也寫得好，又有書卷氣。總而言之，這四部小說的妙處一時也說不完。

《三國演義》、《水滸傳》、《西遊記》皆從話本變化而來，吸取了說書人的藝術風格乃俗文學也；《紅樓夢》是個人創作，作者精通詩詞，又擅長心理描寫，乃純文學也。由此可見，俗文學脫胎於口頭文學，只要故事精彩，又經整理潤色，也可為精品；雅文學如能像《紅樓夢》那樣寫得傳神，同樣可廣泛流傳。異途同歸，皆為長命暢銷書。

所以這四部書是雅文學與俗文學的結合，也可以這樣評價這四部中國古典名著的特點：大雅大俗。

三

什麼是大雅大俗？

那就是既具備雅文學的某些文學技巧。比如寫人栩栩如生、講究結構、語言上有特色、心理描寫入木三分、文學表達承上啓下等等。

但同時也具備俗文學的某些特點：故事性強、有懸念、情節精彩、讓人一讀不放、富有民族風格、能在讀者中廣泛流傳、文字簡明易懂、流暢通俗等等。

如果我們以上述兩個標準來衡量金庸武俠小說，我們就會明白，金庸小說的成功，正因爲它具備了「大雅大俗」這個重要的藝術特徵。

武俠小說，首先屬於通俗文學範疇，金庸的十四部武俠小說，具備了故事精彩，情節有張有弛，語言流暢生動，既能讀，又能講，可讀性強，同時還包括了故事中暗藏懸念。由於這種語言文體爲廣大讀者所喜聞樂見，因此它的讀者對象十分廣泛，除了可以講，有話本的特點，而且還適合於影視劇的改編。同時，金庸的小說還具備了不少口語、諧語、俚語的通俗成分，如《笑傲江湖》中的「桃谷六仙」的對話，就極具幽默的笑料；又如《鴛鴦刀》中的「太岳四俠」的插科打諢，也是俗得令人捧腹；再如《鹿鼎記》中寫韋小寶的無賴狀與惡作劇，都是俗到極處。稱金庸小說爲大俗，一點不過分。

但金庸小說又有雅到極處的地方。比如《碧血劍》中的金蛇郎君，是個從頭到尾未出場的主角，他的故事完全是透過兩個女人的口中來講述的，這分明與通俗小說中「花開兩枝，各表一頭」的敘事方法不同。又如《雪山飛狐》中故事框架，是與歐美小說中用一天寫二十年的手法相仿，透過回敘、倒敘、插敘來增加現場感，並適當地運用了蒙太奇的電影手法，使小說的結構更趨嚴謹，情節更爲緊湊，人物性格更爲突出，這都是純文學的表現手法。金庸在寫武俠小說之前，曾做過導演，他又極喜歐美文學，很推崇大仲馬，因此他一方面堅持古典傳統手法，另一方面又將歐美純文學的寫作技巧運用在作品之中，比如他在《神鵰俠侶》和《倚天屠龍記》中寫幾對戀人的心理活動，都有可圈可點之處，這顯然比古代的武俠小說更高明。再以小說的總體結構、主題、語言與人物形象等各種標準去評判金庸小說，想來各項指標均可達高分，與純文學的精品可以媲美。而金庸小說的精妙之處，不在於武打而在於滲透了儒家、佛家、道家等各種學說的學問與人生眞諦，這恐怕便是金庸小說稱為「大雅」的原因。

由此可見，大雅大俗是暢銷的長命書重要標準之一，但「大雅大俗」的作品必然是精品，也必然擁有廣泛的讀者群。

一九九八年，我曾策劃「金庸小說世界讀者問卷」調查，據了解，愛好金庸小說的讀者層次高的是教授、醫生、律師、工程師、作者、新聞記者和許多大學生、研究生，而層次低的是來上海打工的外來妹，外地民工把讀金庸小說作為他們白天勞動之餘的第一業餘愛好。談及武俠小說的魅力，百分之八十的讀者都認為，金庸的武俠小說既具可讀性又有文化底蘊，既是消遣讀物又可作為一本文學的教科書來欣賞，既有一讀不放的特點又有釋卷再三回味的魅力。我想，這也就是大雅大俗的生動體現。

四

金庸之前，曾誕生過許多精彩的武俠作品，如《三俠五義》、《兒女英雄傳》、《鷹爪王》、《蜀山劍俠傳》，等等。向愷然、還珠樓主、王度廬、顧明道、宮白羽、鄭證因、朱貞木都曾各領風騷，與金庸同輩以及後一代的武俠小說家，也曾與金庸作品爭艷鬥奇過，如《多情劍客無情劍》、《雲海玉弓緣》、《楚留香》、《陸小鳳》、《四大名捕》、《邪仙陸小飄》、《青龍燕鐵衣》、《廿十九妹》等等，古龍、梁羽生、溫瑞安、臥龍生、諸葛青雲、司馬翎等作家也創作出了新武俠精品，但是金庸作品的光焰勝過了前輩和與他同輩的武俠小說家們，其原因也是因為金庸最具大雅大俗。梁羽生在小說中精通詩詞文史，很有婉約的情調，但寫人寫情，未能耳目一新，人物故事缺少懸念，語言也無特色；古龍的語言石破天驚，他是在金庸之後唯一能與金庸匹敵而又自具獨特風格的小說家，但古龍有些作品比較粗糙，無論從雅的角度、還是從俗的角度去理解，古龍總體上都沒有超過金庸，古龍個別小說的長處是以偏鋒勝出。

在武俠小說史上，只有金庸的作品才當得起大雅大俗。

五

大雅大俗，不僅是讀者對一部作品的要求，我認為也應是一部優秀作品的社會標準與文學標準。大雅的作品，古已有之，漢賦如是；大俗的作品，亦古已有之，如民歌便是。但它們只能擁有一部分讀者，對社會產生的影響也是有限的。從文學藝術的角度去衡量，它們總是有某一方面的欠缺。

在世界文學史上，有大雅的暢銷書，也有大俗的暢銷書，而眞正達到大雅大俗的文學作品，必然是大暢銷書、長命的暢銷書。

但在中國文學史上，大雅與大俗又成為了一對矛盾，在「五四」時代，雅文學與俗文學展開了一次論爭，與此同時，以白話文為主體的新文學與以文言文為主體的舊文學也水火不相容，舊文學（傳統文學）不容白話文進入文學的世界，但白話文終於以其年輕的生命力獲得成功，新文學成功的同時，也對舊文學進行了抨擊與圍剿，新文學以純文學的面目亮相，而舊文學（包括俗文學）一度屈居於挨打的地位。新中國成立以來，這種趨勢愈演愈烈，不僅舊武俠被打入冷宮，舊詩詞與俗文學也一度被批得體無完膚。難道俗文學與雅文學、通俗文學與純文學眞的水火不相容嗎？難道沒有一種文學來兼收並蓄而取而代之嗎？

金庸提出了挑戰，他的武俠小說以「大雅大俗」的風格向人們宣告：這種偏見的堅冰應該打破。

這就是金庸小說給我們的感受，這就是金庸小說魅力的所在，這也就是我們需要對文學重新作出評價的一個標準。

金庸小說引起的文學史思考

錢理群

在進入主題之前，我想先談談我個人對金庸的接受過程。說起來我對金庸的「閱讀」是相當被動的，可以說是學生影響的結果。那時我正在給一九八一屆北京大學中文系的學生講《中國現代文學史》。有一天一個和我經常來往的學生跑來問我：「老師，有一個作家叫金庸，你知道嗎？」我確實是第一次聽說這個名字。於是這位學生半開玩笑、半挑戰性地對我說：「你不讀金庸的作品，你就不能說完全了解了現代文學。」他並且告訴我，幾乎全班同學（特別是男同學）都迷上了金庸，輪流到海淀一個書攤用高價租金庸小說看，而且一致公認，金庸的作品比我在課堂上介紹的許多現代作品要有意思得多。這是第一次有人（而且是我的學生）向我提出金庸這樣一個像我這樣的專業研究者都不知道的作家的文學史地位問題，我確實大吃了一驚，卻又不免有些懷疑：這或許只是年輕人的青春閱讀興趣，是誇大其辭的。但後來有一個時刻我陷入了極度的精神苦悶之中，幾乎什麼事都不能做、也不想做，一般的書也讀不進去；這時候，我想起了學生的熱情推薦，開始讀金庸的小說，沒料到拿起就放不下，一口氣讀完了他的主要代表作。有一天，讀《倚天屠龍記》，當看到「生亦何歡，死亦何嘆，憐我世人，憂患實多」這四句話時，突然有一種被雷電擊中的感覺：這不正是此刻我的心聲嗎？於是將它抄了下來，並信筆加了一句：「憐我民族，憂患實多」，寄給了我的一位研究生。幾天後，收到回信，竟呆住了：幾乎同一時刻，這位學生也想到了金庸小說中的這四句話，並且也抄錄下來貼在牆上，「一切憂慮與焦灼都得以緩解……」這種心靈的感應，我相信不僅發生在我和這位學生之間，發生在我們與作者金庸之間，而且是發生在所有的讀者之間：正是金庸的小說把你、把我、把他、把我們大家的心靈溝通了、震撼了。——對這樣震撼心靈的作品，文學史研究，現代文學史研究，能夠視而不見，摒棄在外嗎？

是的，金庸的小說出現，對我們的現代文學研究提出了嚴峻的挑戰，我們必須認眞思考、研究、討論，作出回答。或許我們可以作這樣的一個比喻：在撞球比賽中，一球擊去，就會打亂了原有的「球陣」，出現新的組合；金庸的小說也是將現有的文學史敘述結構「打亂了」，並引發出一系列的新問題。

現有的現代文學史敘述一直是以「新、舊文學」的截然對立作爲前提的，而且是將「舊文學」（包括被稱爲「舊小說」的通俗小說、「舊體詩詞」，以及「舊戲曲」）排斥在外的，在這個意義上，所謂「現代文學史」也就是「新文學史」。應該客觀地說，「新（文學）」與「舊（文學）」的這種近乎水火不相容的對立，並不是今天某些人所說的那樣，是由於新文學的提倡者（如魯迅、胡適等人）的「過於偏激」，「割斷歷史」造成的：事實是五四新文化運動時期的中國文壇上占主導地位的仍是「舊文學」，他們對剛剛誕生的新文學是採取「不承認主義」、「不相容」態度的，因此，「新文學」以與「舊文學」截然對立的姿態出現，對之進行激烈的批判，都帶有爭取自己的「生存權」的意味。而歷史發展的結果是，新文學不但沒有像某些舊文人預言的那樣，如「春鳥秋蟲」、「自鳴自止」，而且逐漸占據了文壇的主導地位，建立起了自己的文學史敘述（即「新文學史」）體系，進而成爲唯一的「現代文學史」的敘述體系，其中是沒有「舊文學」的地位的。於是，又形成了這樣的局面：一方面，在一個世紀的中國文學發展中，「舊文學（體式）」——無論是通俗小說、詩詞，還是傳統戲曲的創作潮流，儘管有起有伏，卻從未停息過，事實上成爲「新文學」——新小說、新詩、話劇創作相並行的另一條線索，但卻不能進入「現代文學史」的敘述。現在所提出的問題正是要爲「舊文學（體式）」爭取自己的文學史上的存在權利。可以說這是本世紀兩個不同的年代（二〇年代與九〇年代）所提出的不同性質的問題；我們既不能因爲「五四」時期「舊文學」對「新文學」的壓制，而否認今天「舊文學」爭取自己的文學史地位的合理性，也不能因此而反過來否認當年「新文學」對「舊文學」統治地位的反抗的合理性。

我們的討論還可以再深入一步：爲什麼當年尚處幼年時期的「新文學」能夠迅速地取代「舊文學」在文壇上的主導地位？有一個事實恐怕是不能迴避的：儘管中國的「舊文學（體式）」有著深厚、博大的傳統，但發展到上一世紀末及本世紀已經出現了逐漸僵化的趨勢，不能適應已經開始了現代化進程的中國出現的「現代中國人」表達自己新的思想、感情、心理的需要，並且不能滿足他們新的審美企求。也就是說，在二十世紀中國，「文學現代化」是一個普遍的歷史要求：中國的傳統文學發展到二十世紀，必須有一個新的變革，變而後有新生。——我曾在《百年中國文學經典・序言》裡提出：「抱殘守闕，不思變革，才是『傳統與現代斷裂』的眞正危機所在」，說的也是這個意思。在這個意義上，可以說新文學對傳統文學所進行的革新、改造，正是爲傳統文學的發展提供了歷史的新機的，其生命力也在於此。

當然，問題還有另外一個方面：「變革」固然是時代發展的要求，但「採取什麼方式變」卻是可以有（而且事實上也是存在著）不同的選擇的。也就是說，新文學對傳統文學的變革方式並不是唯一（或唯一正確）的。這個問題也許今天回過頭來進行總結，就可以看得更清楚。

事實上，從「五四」（或者可以上推到十九世紀末）開始，就存在著兩種變革方式的不同選擇。新文學採取的是一種「激變」的方式，即以「形式」的變革作爲突破口，而且是以激進的姿態，不惜將傳統形式擱置一邊，另起爐灶，直接從國外引入新的形式，自身有了立足之地，再來強調對傳統形式的利用與吸取，逐漸實現「外來形式的民族化」。最典型地體現了這種激變的方式的，無疑是新詩與話劇。——當然，這裡所作的概括不免是對歷史的一種簡約，在具體的歷史情境中，即使是早期白話詩的創作，也仍然有著舊體詩詞的某些痕跡，不可能徹底割斷，所謂「另起爐灶」是指對傳統詩詞格律總體上的擯棄。儘管今天我們可以對這種變革方式所產生的負面效果提出這樣那樣的批評性分析，但有一個事實卻是不可忽視的：即使是新詩與話劇這類從國外引入的文學新形式，經過一個世紀的努力，已經被中國民衆（特別是年輕的一代）所接受，成爲中國新的文學傳統不可或缺的有機組成部分；而如果沒有先驅者們當年那樣的決絕態度，恐怕傳統形式的一統天下至今也沒有打破。

但也存在著另一種變革方式，即「漸變」的方式。記得著名京劇藝術家梅蘭芳曾主張，傳統京劇（也包括其他傳統劇種）的改革要採取「移步換形」的方式。他主演《宇宙鋒》、《貴妃醉酒》，幾乎每一次演出，都有新的變化，但只移動一步，變得都很小，讓已經穩定化的觀衆（即所謂「老戲迷」）都不易察覺；但集小變為大變，變到一定階段，就顯示出一種新的面貌，也即是「換形」了。通俗小說的變革（「現代化」）也是經歷了「漸變」的過程。五四時期的「鴛鴦蝴蝶派」小說儘管已經採用了白話文，但在小說觀念與形式上都與傳統小說相類似，當時的新文學者將其視為「舊小說」也不是沒有根據的。到了三〇年代，經過一段積累，終於出現了張恨水這樣的通俗小說的「大家」，其對傳統社會言情小說的「換形」已昭然可見；同時期出現的平江不肖生（向愷然）等的武俠小說，也傳遞出變革的訊息。到了四〇年代，就不但出現了還珠樓主、宮白羽、鄭證因、王度廬、劉雲若、潘予且這一批名家，對傳統武俠、社會言情小說進行了一系列的變革與創新，為金庸等人的出現作了準備，而且出現了被文學史家稱之為出入於「雅」、「俗」之間的張愛玲、徐訏、無名氏這樣的小說藝術家，這都標誌著傳統通俗小說向著「現代化」的歷程邁出了決定性的一步。因此，五、六〇年代，金庸這樣集大成的通俗小說（武俠小說）大家的出現，不僅是順理成章，而且自然成為中國通俗小說現代化的一個里程碑。

這裡有一個有趣的比較：新文學由於採取的是「激變」的變革方式，一方面很容易出現因對外來形式的生搬硬套或傳統底氣不足而造成的幼稚病，卻並不妨礙一些藝術巨人的超前出現：魯迅正是憑著他深厚、博大的傳統與世界文化（文學）修養，他與中國現代民族生活的深刻聯繫，以及個人非凡的天賦，自覺的反叛、創造精神，在新文學誕生時期，就創造出了足以與中國傳統小說及世界小說的經典作品並肩而立、成熟的中國現代小說；可以說正是魯迅的〈吶喊〉、〈彷徨〉，以及同時期其他傑出的作家（如小說方面的郁達夫，詩歌方面的郭沫若、聞一多、徐志摩，散文方面的周作人、朱自清、冰心，戲劇

方面的田漢、丁西林）的創作實績，才使得新文學能夠在短時間內，不但爭得了生存權，而且占據了文壇的主導地位，在中國的社會、文化結構中扎下了根（其重要標誌之一即是進入中、小學語文課本及大學文學史課程）。而通俗小說的漸變方式，則決定了它的藝術大家不可能超前出現，必得要隨著整體現代化過程的相對成熟，才能脫穎而出。但通俗小說的最終立足，卻要仰賴這樣的大師級作家的出現。在這個意義上，我們可以說，正是因爲有了金庸——有了他所創造的現代通俗小說的經典作品，有了他的作品的巨大影響（包括金庸小說對大、中學生的吸引，對大學文學教育與學術的衝擊），才使得今天有可能來討論通俗小說的文學史地位，進而重新認識與結構本世紀文學史的歷史敘述。

我們的這種討論，並無意於在「新文學」與「通俗文學」及其經典作家魯迅與金庸之間作價值評判，而是要強調二者都面臨著「現代化」歷史任務，並有著不同的選擇，形成了不同的特點。除了已經說過的「激變」與「漸變」的區別外，這裡不妨再說一點：新文學的現代化推動力是雙向的，既包含了文學市場的需求，也有思想啓蒙的歷史要求；而通俗小說則基本上在文學市場的驅動下，不斷進行現代化的變革嘗試的。應該說這方面的研究還未充分展開，我們這裡僅是把「問題」提出而已。

前面已經說過，在五四時期，「新」、「舊」文學的對立，是有緣由的；但在發展過程中，卻逐漸把這種對立絕對化，就不免出現了偏頗。金庸的出現，與八、九〇年代通俗文學的發展，更引發出我們一些新的思考，注意到二者的對立（區別）同時存在的相互滲透、影響與補充。這裡不妨舉一個例子：許多現代文學名著在九〇年代都被改編爲電視或電影，茅盾的《子夜》、《霜葉紅似二月花》，郁達夫的

《她是一個弱女子》、《春風沉醉的晚上》等的改編，都引發出各種爭論，最近《雷雨》電視劇更在《北京晚報》等報刊上展開了熱烈的討論。應該說，原小說（戲劇）與改編後的電視劇（電影）屬於不同的文類，前者是我們說的「新文學（新小說、話劇）」，後者則屬於「通俗文學」，它們有不同的審美需求，因而也無須在二者間比較高低，但卻可以在各自的藝術體系內去討論其藝術的得失，並作出相應的評價。比如說，曹禺的《雷雨》，按作者自己的說法，原本是「一首詩」，劇中的氛圍、人物，都具有一種象徵性：主人翁繁漪就是作者所說的「交織著最殘酷的愛和最不忍的恨」的「『雷雨式』性格」的化身，因此她在劇中的言行都是極端的，或者說是被劇作者極度強化了的，追求的是心理的眞實與震撼力，而非具體情節、細節的眞實；而電視劇《雷雨》是一部通俗的社會言情劇，改編者首先面臨的是要使繁漪的性格、言行爲觀衆所理解與接受，就必得對繁漪與周萍、周樸園父子感情糾葛的發展過程，作細緻的交代與刻畫，自然也要考慮市民爲主體的觀衆的欣賞趣味，從而增添了許多原著所沒有的情節與細節；我們只能根據通俗劇的藝術要求去討論其增添的得失，而絕不能以「不像原著」爲理由否定改編者的創造。

這裡強調的是「原著」與「改編」不同，這是我們首先要注意的；但也不能因此否定二者的聯繫：上述新文學代表作能夠被改編成通俗劇，這個事實至少說明，這些「新文學」作品本身就具有了「通俗文學」的某些因素（因子）。像《雷雨》裡的情節元素，諸如「少爺與丫鬟」、「姨太太與大少爺」之間的偷情，「父親與私生子」之間的衝突，失散多年後「父（母）與子」、「夫與妻」的相認……等等，都是通俗言情作品的基本情節模式，電視劇作者看中了《雷雨》，自是顯示了一種眼光的。這種眼光有助於我們更準確地把握新文學與通俗文學之間的聯繫：儘管新文學從一開始就是作爲「通俗小說」（當時稱爲「舊文學」）的對立面出現的，但這種對立並不妨礙通俗小說因素向新小說的滲透與影響（反過來也一樣）。即使是像茅盾這樣當年批判「鴛鴦蝴蝶派」小說的大將，現在（九〇年代）人們也在他的作品中發現了「言情」因素，並據此而改編成社會言情劇：如果我們不固守「新舊文學水火不相容」的觀念，就不應當把這類改編看作是對新文學的褻瀆，並透過這類新的文化現象，不斷調整與加深我們對新文學與通俗文學關係的認識。

最近我讀到了一篇博士論文，談到了「《莊子》和上古神話的想像力傳統」的問題；作者認爲，這一傳統的未被充分認識與繼承，是中國現代小說發展中的一個重大遺憾，因此，魯迅的《故事新編》裡，對莊子與神話想像方式的繼承，及由此產生的意義強化與消解，其中包含著十分豐富的藝術經驗，值得認眞總結（參看鄭家健：〈神話、《莊子》和想像力傳統〉，載《魯迅研究月刊》一九九七年第七期）。我基本同意這位作者的意見，並引起了這樣的聯想：如果說「《莊子》和上古神話的想像力傳統」只爲魯迅等少數新小說家繼承；那麼，或許可以說在以金庸爲代表的武俠小說中，就得到了較爲充分的發展。我們是不是可以從這個角度，去探討魯迅的《故事新編》與金庸武俠小說中的某些內在聯繫呢？——其實，《故事新編》裡〈鑄劍〉中的「黑的人」就是古代的「俠」。提出這樣的「設想」，並不是一定要將金庸與魯迅拉在一起，而是要透過這類具體的研究，尋求所謂「新小說」與「通俗小說」的內在聯繫，以打破將二者截然對立的觀念。

由金庸的出現引發出新小說與通俗小說的關係的上述思考，也還可以引申出更廣泛的問題，例如「新詩」與「舊體詩」的關係，「話劇」與「傳統戲曲」的關係等等。在這些領域，同樣存在著將「新（話劇、詩）」、「舊（詩詞、戲曲）」截然對立，而將後者排斥在現代詩史、戲劇史敘述之外的問題。我們已經說過，這樣的「結果」是有歷史原因的；但歷史發展到了今天，就有必要進行重新審視，正像有的學者所指出的那樣，所要提出的問題是「重新檢討我們的歷史敘事。我們怎樣成爲『現代』的？我們如何透過『現代的歷史敘事』來重新組織我們的歷史？這個重新組織的後果是什麼——強調了什麼、排斥了什麼，等等。中國現代文學對現代性的處理，在哪些方面能夠提供我們反思現代性的資源？」（參看汪暉：〈我們如何成爲「現代的」？〉，載《中國現代文學研究叢刊》一九九六年第一期）。這就涉及到現代文學這門學科的性質、研究對象、範圍等一系列的新問題。目前，這類的討論在現代文學研究學術界才剛剛開始，出現各種不同意見，不僅是正常的，而且應該更充分地展開，同時也要提倡進行新的研究實驗與探討。例如從兩種體式——新詩與舊體詩詞，話劇與傳統戲曲，新小說與通俗小說的相互對立與滲透、制約、影響中，去重新考慮與研究本世紀中國詩歌、戲劇與小說的歷史發展——這不僅是研究範圍的量的擴展，而且在「彼此關係」的考察這一新的視角中，將會獲得對本世紀文學發展的某些質的認識。

這裡，我還想強調一點：進行這類實驗性的研究，必須謹慎，堅持實事求是的科學態度，要避免出現新的片面性。我這也是有感而發的：最近，我和一位朋友合作，選編了一本《二十世紀詩詞選》，試圖用選本的形式對本世紀舊體詩詞的創作，作一個初步的整理，為進一步的研究，以確立其文學史的地位，作一些基礎性的工作。我們的這一嘗試得到了舊體詩詞作者的支持，收到了許多來信，使我們更堅信這一工作的意義。但有些來信在對舊體詩詞長期不被重視表示了正當的不滿的同時，卻將其「歸罪」於五四新詩運動的發動者，進而對新詩作了全盤的否定，這些觀點不僅是不能同意的，而且使我們產生了新的憂慮：這不僅是從一個極端走向另一個極端，而且不免使人聯想起當年（五四時期）對新詩的抹殺。我們今天對歷史的重視審視絕不能退回到歷史的起點上。這又使我想起了魯迅與周作人有關新文學運動的一些思考與意見。周作人有一個著名的觀點：「（文學發展）正當的規則是，當自己求自由發展時，對於迫壓的勢力，不應取忍受的態度；當自己成了已成勢力之後，對於他人的自由發展，不可不取寬容的態度」（〈文藝上的寬容〉，文收《自己的園地》）。他因此認為，「五四前後，古文還坐著正統寶座的時候，我們（即新文學者——引者注）的惡罵力攻都是對的」，但在白話文已經取得主導地位，古文「已經遜位列為齊民，如還不承認他是華語文學的一分子，……這就未免有些錯誤了」，他據此而提出了「將古文請進國語文學裡來」的主張（〈國語文學談〉，文收《藝術與生活》）。——不難看出，我們今天提出要給詩詞、通俗文學及戲曲創作以文學史的地位，與周作人的思路頗有接近之處。但魯迅卻另有一番考慮：他始終堅持五四白話文運動的立場（包括「歐化文法」的借鑒），而對「文言的保護者」保持高度的警惕，因為在他看來，「開倒車」是隨時可能的（參看〈答曹聚仁先生信〉、〈門外文談〉、〈中國語文的新生〉）。——今天歷史的發展已經到了這一地步：無論是新小說，還是新詩、話劇，都建立起了穩固的地位，不再可能發生全面的「開倒車」，即重新恢復舊文體的一統天下，但在我們總結歷史的經驗教訓時，卻不能走到否定五四新文體的極端，在這個意義上，魯迅的警惕仍是值得注意的。正如周作人所說：「文學家過於尊信自己的流別，以爲是唯一的『道』，至於蔑視別派爲異端，雖然也無足怪，然而與文藝的本性實在很相違背」（〈文藝上的寬容〉）；我們所強調的「新小說與通俗小說、新詩與舊體詩詞、話劇與戲曲在相互矛盾、對立、制約與滲透、影響中的發展」，這既是尊重本世紀文學發展的歷史事實，也是符合文學多元、自由的（而非獨斷的）發展的歷史要求的。

與此相關的還有一個問題：我們在研究與評價有關作家、作品——無論是小說、新詩、話劇，還是通俗小說、詩詞、戲曲，都要實事求是，掌握分寸：必須看到，在各種「新」、「舊」文體中，都有大量平庸的作家、作品，眞正的「名家」、「大家」是並不多的，而且又都是存在著自己的缺陷與不足的。鑒於長期對通俗小說、詩詞與戲曲創作的忽視，我們今天的研究，對這些領域的成就，作比較充分的肯定與強調是必要的，但也要掌握好「尺度」，就是說，必須堅持文學史嚴格的評價尺度——當然不是以新小說（新詩、話劇）的尺度去評價通俗小說（詩詞、戲曲），或是相反；而是要建立起、並且堅持各種體式自己的價值尺度，這自然是要在長期藝術實踐與理論總結中逐漸形成的。不過一定要有「尺度」，而且要嚴格掌握，不能搞「無高低、無等級」的絕對的「相對主義」，那是會眞正導致文學史研究，以至文學創作整體水準的降低的。——這是一個很值得注意、也很複雜的問題，以後還可以作進一步的討論。

金庸熱的放大鏡

彥火

近年來，華人文壇最風光的作家，不是別人，正是金庸及他寫於五、六〇年代的武俠小說。金庸的新派武俠小說在三十多年後的今天，備受矚目，是受到談論最多的作品。海峽兩岸傳媒美其名為「金學」。金庸之受歡迎程度，套大陸著名報導文學家陳祖芬女士的話是「成年人的童話」。……文學事業是源遠流長的，令人想到三國曹丕的一句話：「年壽有時而盡，榮樂止乎其身，二者必至之常期，未若文章之無窮。」

一、紅學研究家林以亮說：凡有中國人、有唐人街的地方就有金庸

據一項不完全統計，大陸、台灣及海外的金庸讀者超過一億人。

從七〇年代開始，金庸作品在香港及海外一直高踞銷路榜首。

1. 台灣

在台灣，金庸作品早年與在大陸一樣，也是被禁的，金庸本人曾在《大公報》做過記者、翻譯、編

輯，所以被打成「共匪」，直到一九七九年才被解禁，其作品首先由遠景出版社出版，後來由遠流出版社接手，一直是台灣暢銷書的榜首。

據一九九六年遠流出版社的一項調查報告顯示：

單是一九八五年到一九九五年，金庸作品在台灣共銷出四百七十萬冊以上。

台灣《聯合報》在同年一次統計中，說金庸是台灣十大納稅作家之第一位。

據台灣遠流出版社稱，金庸作品如加上早年坊間盜印及之後的遠景版，總銷數應達一千萬冊。

同一報告透露，台灣有二千三百萬戶，幾乎是戶戶有金庸的作品，如果加上租書店、圖書館，可說是每個讀書人，包括成長中的年輕人、成年人在內必讀的書。若加上從電影、電視等其他媒介接觸的，更不可估計。

金庸歷來都是台灣「金石堂年度十大暢銷書的男作家」之一，從不落空。

2. 大陸

金庸作品一直是大陸開放以來不法出版商（包括正牌出版商）發財致富的最佳途徑。金庸作品是大陸盜印最多的流行小說。有一段時期，由中央一級到地區出版社，無不投入巨大資金出版金庸小說，企圖與地下盜印商分一杯羹。直到六年前，大陸公布版權法，金庸才能正式授權北京三聯書店出版其小說。

金庸自稱，他每年從港、台（包括電影、電視）得到的版稅爲一千萬元左右，但一直沒有收到大陸地區版稅，只有一次例外，早年應李瑞環的要求簽給天津百花文藝出版社出過一套《書劍恩仇錄》，收過一筆約十萬元人民幣版稅。其他大陸出版社的版稅在正式簽約給北京三聯書店前一塊錢也沒收到。如果單是大陸的版稅（已出版的各種版本），相信將以過億元計。當年于品海看中這塊肥豬肉，除了買了《明報》，還取了金庸作品大陸版的代理權，三聯版「金庸作品」也是通過于小俠授權的。

大陸靠金庸吃飯的大小出版商及地下書商不知其數。至於藉金庸名義或刻意與金庸沾邊的，如以「金庸巨」著、「全庸」、「金康」等等混淆耳目及以假亂眞牟利的，更是多如牛毛。

我每年去一趟福建探親，發現所有書店均沒有三聯版的金庸作品，卻有不少盜印本，連機場的小賣部亦賣盜印本，大抵是利潤高的緣故。我後來更在泉州東方酒店看到一套以「海南出版社」的名義出版的精裝《金庸全集》，打開一看，連出版社的地址、版權頁都沒有。

幾年前，福建一家刊物〈文化沙龍〉推薦書目中，赫然有一本《採花大盜×××》，作者署名金庸。當時這家刊物的負責人向金庸約稿，也寄了樣書，金庸看後大爲生氣。後來雜誌的負責人才查到這本書是從新華書店進貨，他們自己也不知道，出版商用了偷龍轉鳳的辦法，旨在牟取暴利。

年前來香港訪問的王蒙告訴我，上海一家雜誌社曾向全國各大城市的年輕人作一次閱讀興趣調查，結果在最受歡迎的作家中，第一位是金庸，第二位是魯迅，第三位是王朔。在被訪者選擇喜愛的二十部書中，金庸的武俠小說占了四部。可見金庸作品在大陸的受歡迎程度。

二、沒有中國人的地方，也有金庸的武俠小說

1. 漢城

一九九五年三月我赴漢城，跑了漢城五、六間大書店，每一家書店都擺放有金庸韓文版的武俠小說，我請漢城高麗大學的許世旭教授代查，許教授透過漢城一家大出版社——信永出版社的董事長安在實先生所作一項調查統計，顯示全韓國有十二家出版社盜譯了金庸的作品，不少是韓國第一流的出版社。

後來我拜訪了韓國最高學府漢城大學的李炳漢教授，據該大學的學生表示，韓國有一半大學生閱讀過金庸作品。當然，在韓國受歡迎的還有古龍、臥龍生等人的武俠小說，只是其受歡迎的程度沒有金庸大。

2. 東南亞

東南亞的讀者在七〇年代已爲金庸作品所吸引，這個地區已先後出版越南文、泰文、印尼文、柬埔寨文、馬來文等文字，最近更出版了新加坡、馬來西亞的中文簡體字本。除了最近出版的新、馬簡體字本，其餘文種均是盜譯，流布廣泛。

3. 日本譯本

日本最具規模的出版社之一——德間出版社，準備以五年時間來出齊日文版《金庸全集》。

我於九六年四月陪查先生到日本簽合約。德間出版社的老闆德間康快先生（他最早曾透過于品海洽談購買《明報》），擁有包括電影、出版、報紙的綜合大企業。德間出版社除了出版日本文學書，還出版了不少中國古典小說，如《三國演義》、《水滸傳》等等，他們決定斥巨資出版《金庸全集》，他們組織了日本一批漢學家翻譯，準備花五年時間出齊，第一階段先出精裝文庫版，再出平裝。去年第一部《書劍恩仇錄》日文文庫版出版後，很快便售罄再版。可見日本出版家對金庸作品的重視。

4. 英譯本

目下，英譯本不多，只有香港中文大學出版社於一九九三年出版的《雪山飛狐》（*Fox Volant of the Snowy Mountain*），及一九九四年爲配合查先生赴澳洲參加作家節出版的《鹿鼎記》（由Prof. John Minford翻譯）兩個章節，一直沒有系統的出版計畫。

武俠小說源自明清及民初的傳統章回小說形式，與東方文化較接近，所以在東南亞特別受歡迎，西方讀者可能有一個接受過程，金庸作品的歐美譯文也只是剛剛開始。現職香港理工大學中文及翻譯學系教授兼翻譯研究中文主任閔福德（John Minford）正計劃有系統翻譯金庸作品。

閔福德曾與他的老師霍克思（David Hawkes）一起翻譯過全套一百二十回《紅樓夢》的英譯，被視爲有關《紅樓夢》英譯的最佳版本。

閔福德除了與霍克思合譯《鹿鼎記》，他還在他任教的香港理工大學組織翻譯《連城訣》、《俠客行》及《射鵰英雄傳》，並由香港牛津大學出版社於一九九七年陸續出版，牛津將於今年先出三卷（原五卷）壓縮本的《鹿鼎記》。

以閔福德等人在翻譯界的崇高地位及其精湛的翻譯技巧，相信可以解決金庸作品面向英語讀者的障礙。如前面提到的《鹿鼎記》兩個章節的英譯，曾受到美國著名學者葛浩文（Howard Goldblatt）的稱許。

5. 法譯及其他

我曾讀過一份金庸資料簡介，說金庸作品已譯成法文，後來我在巴黎曾要找法譯本，結果找不到，問了在巴黎友豐書店的潘立輝先生，他說法譯本是當年在柬埔寨才流行的，因柬人懂法文的很多。不過這種「法文」也是「三及第式」的，不夠規範，他表示他的書店極有興趣出版一套正規的法譯本，針對法國讀者。法文地區的讀書界一直是很活躍。

此外，由於中國功夫，特別是「氣」、「書法」在德國大受歡迎。德國一位華人學者黃鳳祝博士，目前也在探討金庸作品出版德文版的可能性。

三、金庸的讀者，年紀由九歲到九十九歲，以男性為主。而讀者涵蓋階層之廣泛，也是古今中外罕見的

1. 從政要到小市民，從學者到小學生

中外政要閱讀金庸的作品，據我所知的，包括已逝世的中國大陸一些政要，如鄧小平、聶榮臻（十大元帥之一）、王震等，台灣蔣經國、馬英九及台灣前交通部長劉兆玄等等，都是金庸作品的讀者。

至於東南亞國家，有不少政要讀過金庸作品，如去年曾來香港的印尼漢學家 Edward Buckingham 透露，印尼總統蘇哈托就喜歡讀金庸作品。

其他如南越吳廷琰、柬埔寨龍諾將軍等，都喜讀金庸作品。據說越南國會在辯論中，還經常引用金庸作品的人物，如以岳不群形容奸詐小人，以韋小寶形容手段下流的政敵。可見金庸作品在政要的眼中，是有其一定地位的。

金庸讀者最初主要是小市民，他的幾部暢銷小說如《射鵰英雄傳》、《神鵰俠侶》，均在以小市民爲對象的報紙刊載，《射鵰》在當年香港《商報》登載（該報讀者以工廠工人、小白領爲主），《神鵰》在金庸創辦的《明報》刊載，初創刊的《明報》是一張小報，對象也是小市民。以學歷計，讀者大都是中學學歷甚至小學程度。但金庸讀者發展到後來，讀者層次不斷提升，逐漸爲文化教育高的中產階級所接受，包括專業人士、文化人，後者更包括大學教授、著名學者。最早公開表示對金庸作品的重視和讚

賞，在台灣有夏濟安教授、香港林以亮先生及旅美華人文學評論家陳世驤等等。此後，海內外的學者自稱是「金庸迷」的，不計其數。

在台灣戒嚴時期，台灣學人陳芳明博士認爲，金庸小說爲台灣知識界的想像世界打開了一扇窗。當年在台大執教的唐文標是港人的身分，經常從香港帶去金庸小說，成爲台大學生的搶手課外讀物。至於海外學人及留學生，均視金庸作品是課餘最佳調劑品，可以排遣苦悶。我們所熟悉的余英時（美國普林斯頓大學教授）、香港的劉紹銘（現任嶺南大學文學院院長）、杜維明（美國哈佛大學教授）等等，都是金庸作品的愛好者。著名科學家陳省身、楊振寧、李政道等也自稱是金庸的讀者。

我於一九九〇年到德國慕尼黑出差，赫然發現當地的華人留學生有一個金庸作品交流會的組織，並出版了油印刊物，在刊物上大談閱讀金庸作品的心得。至於台灣、大陸大學裡更有不少「金學」同學會的組織，如台灣大學的「金庸研究社」等，台灣多家大學還在學生布告板設有金庸武俠小說討論專欄。

2. 堂堂正正進入學術殿堂

金庸作品之爲學人所接受，主要是金庸作品爲知識分子的苦悶生活打開一條路，金庸小說與中國傳統的世俗小說有繼承的關係。此外，金庸典雅的古典白話文及中國濃厚的文化因素，也是爲知識界所喜愛的。照北大教授陳平原先生的話是「他把儒釋道、琴棋書等中國傳統文化通俗化了，所以金庸小說可以作爲中國文化的入門書來讀」。陳世驤曾寫道，金庸武俠小說「可與元劇之異軍突起相比。既表天才，亦關世運。所不同者今世獨見此一人」。

另一個金學專家、中國新派武俠小說研究學會會長馮其庸說：「金庸小說的情節結構，是非常具有創造性的。我敢說，在古往今來的小說結構上，金庸達到了登峰造極的境界。」

以上兩位學者評價是極高的。特別是近五年來，金庸作品已由原來的市井文學，堂堂正正進入了學術殿堂了。

另一位北大教授陳平原，於一九九〇年便開設了以金庸小說為主要研究對象的專題課。

北大錢理群教授甚至進一步指出，從雅俗文學發展脈絡的角度，金庸有可能與魯迅呈雙峰並立之勢。北大的重視金庸作品，與北大的創始人蔡元培的重視民俗文化傳統有關。

幾乎與北大鬧「金庸熱」的同時，北京師範大學中文系教授王一川主編《二十一世紀中國文學大師文庫．小說卷》，將金庸列於魯迅、沈從文、巴金之後，老舍、郁達夫、王蒙之前，排名第四，茅盾則被拼出局，大反中國大陸文壇排資論輩常態，把被目為流行文學的武俠小說與嚴肅文學大師並列，這眞是破天荒第一遭。

金庸本人進入學術界殿堂，不自今天始，他於一九八八年便獲香港大學授予社會科學院名譽博士、香港大學文學院名譽教授，但他於一九九四年當上北京大學名譽教授最引起議論，特別是北大的嚴家炎教授撰文指出，金庸作品「實際上是以精英文化去改造通俗文學所獲得的成功。」並認為是繼「五四」文學革命，「使小說由受人輕視的閒書而登上文學殿堂的另一場靜悄悄的文學革命。」

嚴教授這一高度評價曾引起一些不同的意見，某些海內評論覺得有拔高之嫌。

羅孚先生在一篇〈食色性也和雅俗共處〉也作了隱喻：

他們（政要、學者）爲什麼能這樣欣賞俗文學呢？新派武俠把通俗文學推進了文學的殿堂，和嚴肅文學、精緻文學分庭抗禮，甚至於在一些從事文學工作的學者眼中已經壓倒了一些文學大師。爲什麼？也許是這些學者本身就純粹是俗，但至少是雅俗共處於一身，這才使他們能雅俗共賞。

而另一方面，是新派武俠本身也有雅有俗，雅俗共處，共處於一人一書。甚至雅還壓倒了俗，使從事文學工作的學者爲之「驚艷」，甘心拜倒於劍影刀光的「石榴裙下」。當然，也不能排除這樣的拜倒有世俗的私心。學者也有常人的一面，他們也是雅俗共處於一身的。

新派武俠小說流行的謎底，就是這共處而共賞之論了。當然這和武林高手、文章妙手也有關係，可以變俗爲雅，甚至大雅。

可是，金庸的作品在北大這個具有悠久歷史的最高學府所引起的震盪，是令學界矚目的。嚴家炎於去年開始在北大開設了金庸作品的課程。至於其他大學，如深圳大學、浙江大學、廣東社會科學院等等，都設立金庸作品研究室，並出版金庸研究專著。台灣國立師範學院、東海大學也設有金庸研究課程和研究專題。

在湖北出版的一本影響頗大的《通俗文學研究》，一直闢有金庸作品研究專欄，研究文章五花八門，如金庸作品的芸芸人物中，以韋小寶最爲論者感興趣，還有金庸的「武功」，金庸作品中的女角等等。據

初步統計，海內外出版研究金庸的專書，有四十多種，香港的明窗、台灣遠景和遠流先後出版了《金學研究叢書》。目下大陸還造就了不少金庸研究專家，譬如有大陸金學第一家之稱的陳墨，寫了五、六本研究金庸的專著。最近中山大學出版社出版了一本《點評金庸》，對金庸作品分類評析，口碑甚好。

金庸武俠小說成爲大學的研究熱點，只是方興未艾。一九九六年三月，香港嶺南大學文學院和香港理工大學翻譯研究中心及香港翻譯學會，聯合舉辦的「英譯武俠小說‧讀者反應與回響」的研討會，主要就是探討金庸武俠小說的英譯。同年四月，日本創價大學頒予金庸榮譽博士時，也特別提到金庸的小說成就。金庸除了於一九九三年獲英國牛津大學的榮譽院士之外，一九九六年六月更獲英國劍橋大學頒授院士的榮譽。

今年五月美國北科羅拉多大學舉辦了「金庸小說與二十世紀中國文學」研討會。在這次會議中，來自北京的作家李陀提出嶄新的論點，認爲不應把金庸的寫作，放在「武俠小說」框架內，因金庸吸收了「舊式白話」的營養，承繼和發揚了漢語，令漢語起死回生。

3. 被捲進商品大潮

配合金庸這種熱潮，台灣遠流出版社還準備推出「有聲書」，準備以宣紙精印成線裝書，並且籌備出版一本名爲《金庸茶館》的期刊。

大陸商海大潮也把金庸捲進去，據說浙江舟山市普陀區桃花島花鎮的地理位置，與金庸《射鵰英雄傳》一書中所述的桃花島極接近，花鎮政府趁一九九四年四月金庸赴普陀山遊覽觀光時，抓住他寫了

「碧海金沙桃花島」，目前花鎮政府已大興土木，他們將圍繞《射鵰英雄傳》中描寫桃花島島主黃藥師的有關情節布置成景點，讓遊人領略黃藥師的八卦桃花陣和桃花莊的情趣。

台灣有一個出版商表示，他們將與中國有關旅遊部聯繫，開闢「金庸小說之旅」，把金庸作品提到的地方連成一條「文化旅遊線」，這不啻是一項生意經。

香港個別美食家如蔡瀾等，還與香港酒樓合作，設計金庸食譜，如黃蓉烹調的菜式等等。

另一面，金庸作品已從文字單行本，向多媒體發展，已有電影、電視連續劇，還有動畫、電玩遊戲軟體，台灣遠流出版社已開始把金庸作品輸進電腦網路。坊間還流行收藏金庸作品版本，目下《金庸全集》的早期版本成爲熱門藏品。這種收藏熱還從香港蔓延到大陸，《廣州日報》在一篇〈收藏金庸〉的文章中指出：「金庸的武俠小說已經不再是隨看隨棄的消閒解悶的閒書，而是上升到了『藏書』的層次，人們收藏它，就像收藏古今中外的文學名著一樣。」

4.也許是世界上讀者最多的作家

金庸的作品也許是世界上讀者最多的。一九九二年，金庸接受法國政府頒予的「法國榮譽軍團騎士勳章」，法國駐香港總領事在授勳儀式的講話中曾表示，金庸撰寫的武俠小說可能是當今中國文學作品擁有全世界讀者最多的一個，並把他比擬爲法國大仲馬。

金庸原是一個謙謙君子，但是他自已對他的小說和本人知名度也充滿自信心。當他八〇年代因起草基本法受到民主派的批評，說他有當特區行政長官的野心，他曾公開反駁說：「當行政首長有什麼好？

金庸的名與利相信都不會差過港督。今日全世界知道金庸的，會多過知道不論哪一位港督呢！一百年之後，恐怕相差更遠吧！」後面的一句話已表明他的小說會隨時間增加愈益受到歡迎和肯定，這是可以預見的，當他的小說日文版和其他語文版出齊之後，相信他的影響將更加深遠。

文章千古事，我們要在今天給金庸作品下一個肯定結論，未免言之過早。我們不妨對金庸作品之受歡迎，作一些簡單分析。

四、金庸小說受歡迎的原因

1. 故事、情節好，扣人心弦，讀後可以令人廢寢忘餐

亦舒有一段話可以作爲注腳：「金庸小說裡充滿流行因素，通篇都是俊男美女淒迷的愛情故事，出人意表的詭秘奇突的情節，書中好人壞人與怪人都性格分明，惹人注目」，「又不斷加插稀奇古怪的學武過程，刺激讀者觀感，看他的小說，情緒沒有片刻靜止，完全被文字操縱，腦海一幕幕盡是七彩繽紛的畫面，鮮明的描述加讀者想像力，比看電影還要精彩，看得入迷。」

很多看過金庸武俠小說的人都會有同感：引人入勝，如癡如醉。

2. 非常中國化

自從「五四」以來，除鴛鴦蝴蝶派等通俗寫作外，中國作家寫作大都運用西方手法，以一種十分歐

化的語言和形式去寫作，雖然這樣也有豐富漢語的寫作天地，但也使中國的現代小說與傳統寫作之間產生了斷裂。金庸作品卻是頗傳統的，依他自己的話，他的武俠小說之所以受到華人歡迎，是因爲小說描繪的世界是中國的世界：小說所寫的是中國的社會，中國的人事，甚至連韋小寶的缺點陋習，也是非常中國的。林以亮認同了金庸的看法，他表示，金庸的武俠小說集儒釋道於一身，兼顧傳統的忠孝仁義理念，再加上未曾歐化的生花妙筆，都是吸引讀者的重要因素。

3. 把古典的白話文推展到高峰

上面談到金庸的文字沒有「五四」以來歐化白話文的毛病，與明清的筆記文學和晚清的小說有相繼承的關係，而且精益求精。阿城曾經批評「五四」以後的白話文，只有「白話」而無「文」，後者指的是中國文言寫作中的特有文采。

金庸在一次訪問中曾指出，現代有些作家不注重文字，文筆公式化、寫作方式歐化，缺乏中國傳統文字風格。他認爲中國傳統文體、美的文字，一定要保留發展。「假如寫小說只講故事、講思想、講主題，而文字不美，假如中國精鍊獨特的優美文筆風格漸漸不爲人重視了，那是很可惜的。」

金庸是很注重文字工夫的，他花了十年時間來修訂他十五部小說，可見一斑。他的文字十分精鍊典雅。他的小說常常出現具有宋元之山水化意境的風景描寫，可以獨立欣賞，往往是一篇優美的散文。胡菊人曾表示，他最欣賞的是金庸典雅的文言白話。

4. 金庸小說的歷史感

金庸的武俠小說之中，大部分都放在一個歷史架構中，除了《天龍八部》之外，如《書劍恩仇錄》、《鹿鼎記》是講反清復明，而《射鵰英雄傳》和《神鵰俠侶》則是抗禦金兵的。金庸對小說的歷史感很重視。金庸很欣賞西方拉丁語系中，歷史與故事是同一個字Histoire，他過去曾辦過《歷史與武俠》，恐怕與此也有關。《鹿鼎記》有很大篇幅寫康熙，具有史料價值。看來，金庸對清史是下過苦工的。

5. 雅俗之間架起一座橋梁

金庸小說創作是建立在通俗文學模式上，但因他融入了中國文化因素——如儒釋道文化、琴棋書畫等等，再加上他特有典雅的文字魅力，使人讀後不把它當一般通俗小說看待，只感到小說雖通俗，但也有不少雅的成分，這也就是羅孚先生在一篇文章提到的雅俗共處於一身了。通俗小說而不庸俗、媚俗，這是金庸的過人之處。

當然，金庸的成功，遠不光是以上五個因素，本文旨在拋磚引玉，有待學者去進一步研究和發掘。

國家圖書館出版品預行編目資料

倚天既出. 誰與爭鋒：名人名家讀金庸. 下 / 王敬三主編.
-- 初版 -- 台北市：揚智文化, 2000 [民89]
面； 公分. -- （Cultural map；10）

ISBN 957-818-209-0（平裝）

1. 金庸 - 作品研究 2. 武俠小說 - 評論

857.9 89014802

倚天既出，誰與爭鋒——
名人名家讀金庸（下）

Cultural Map 10

主　　編／王敬三
出 版 者／揚智文化事業股份有限公司
發 行 人／葉忠賢
執行編輯／于善祿．洪千惠
登 記 證／局版北市業字第1117號
地　　址／台北市新生南路三段88號5樓之6
電　　話／(02)2366-0309 2366-0313
傳　　眞／(02)2366-0310
E-mail／tn605547@ms6.tisnet.net.tw
網　　址／http://www.ycrc.com.tw
郵撥帳號／14534976
戶　　名／揚智文化事業股份有限公司
印　　刷／偉勵彩色印刷股份有限公司
法律顧問／北辰著作權事務所 蕭雄淋律師
初版一刷／2000年12月
定　　價／新台幣200元
I S B N／957-818-209-0